i，斡旋了好幾年，終於取得工

資，還得等著這

，但

的悠閒的生

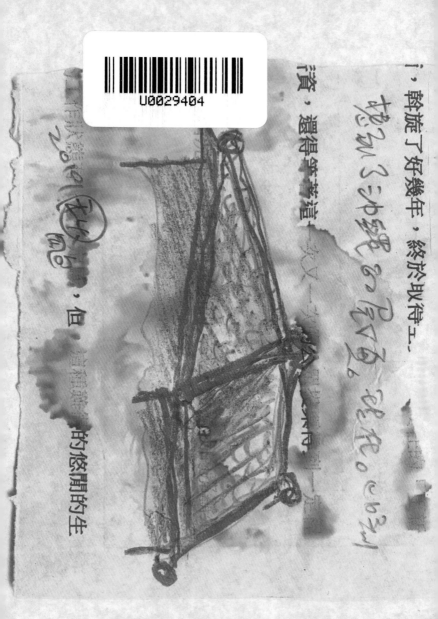

69號線的離開

To meet again - 5 short stories

目次 contents

聽說｜柯川來過

茉莉，姓赤嶺。

赤嶺家族是琉球鬥牛賽事的常勝軍團，因為她的緣故，昨天跟四千多名狂熱分子，一起見證了冠軍選手「邁進龍」的王座決定賽。

這次據說是二十年來，戰鬥時間最長的一次。

琉球鬥牛與西洋式的「人鬥牛」，完全是兩回事。

這邊的鬥牛，是以在地的土生牛培養成選手後，每年參加季節對決，然後，留下的，再繼續年度秋鬥，無差別級的總決賽大戰，就像昨天那樣。

說是對決，在我這個外行人看來，倒覺得十分溫和，差不多像相撲力士那樣，用牛角把對方頂出場外，就算完成攻防了。

沒什麼血腥，這部分倒讓我訝異。

「話是這麼說，但不像你想的那麼輕鬆。」走出鬥牛場時，她反駁。

「一定有什麼地方搞錯了。」

早餐沒多久，茉莉一下子從興奮、接著眉頭深鎖的拿著《琉球新報》給我看，反美軍建「普天飛行場」的住民投票，以五二・六％得到肯定。

接下來，她邊喝咖啡邊朗誦片段的「反邊野古」社會運動的記事本。

我把包著琉球紅型染書衣的本子轉過來自己的方向看，乍看之下是本貼滿了紙貼紙的少女文藝風手帳冊，不過，仔細翻閱了以後，才知道都是「反美軍基地」的相關剪報，也有她的筆記。

她關心的這部分，我不是很清楚，不過，因為被派遣來做的營造建案，剛好就是這塊地的事，多少知道為什麼要驅離美軍的歷史理由。

因此，情緒上僅僅抱著「盡量知道愈多愈好」的心態而已，想辦法吸收各種地方訊息，卻不涉入住民這邊的反對團體，免得有什麼意外的難堪上身。

加上自己本來就是政治冷感者，即使有點逾越原本自己的立場，但工作需求好像只能這樣才能進入，也就設法往那邊跨進了。我只是一般資本主義國家的群眾而已，不喜歡社會有太多麻煩事，更別說參與了。

但，講真的，不站在反美軍民眾的這邊，又好像有點違背常理。

（假如真的有「常理」、甚至更高的「真理」這種東西的話。）

更何況，這些地主終將成為我的老闆。

這樣的事實，加上沖繩生活開始以後，也覺得每天在空中幾十分就飛一次的美式噴射機真的是太吵了，設法讓他們離開應該是理所當然。上海總公司那邊，由東京分社出面，斡旋了好幾年，終於取得全數住民委任的「更新營建意向備忘錄」。

但是，真的要開始發放給我具體薪資，還得等著這一次又一次的公眾投票得到一定程度的法定認可以後。

換句話說，沒辦法有明朗的固定收入的情況下，只能用報銷的方式，度過我的那霸生活。

講實在一點，現在，完全無法對逐漸明朗化的工作狀態有什麼安定感。只不過，這種難得的悠閒的生活，好像（又）找不到拒絕的理由。

縱使每天生活節奏空蕩蕩的近乎慘白，可是比起原來只剩下漫無止境的疲倦工作，現在這樣，反倒是有種淡泊的安心意味。

雖然不知道再來會怎樣，可是日子就這樣毫不猶豫的過下去了。

「到底來多久了？」

坐在助手席的自己，看著宜野灣窄小筆直的海岸公路，真的想不起來，抵達這個地方的起始日期。

剛抵達那霸機場時，我穿了外套嗎？還是夾腳拖鞋？

其實，要用穿著的樣貌，來協助回憶，在這個地方是完全行不通的。

就跟這個地方的風景一樣，即使是全新的看板招牌，幾天後就會被海風無情的沖刷成舊的樣子。

不只岸邊公路上的商店，連市中心號稱最保潔的著名東京建築師豪華宅邸也無法倖免。

一開始，單純只為了John Coltrane的唱片拍賣會而過來的。聽起來很荒謬，連自己都這麼覺得。（但真的是這樣的動機。）

接獲來自東京的通知，預付吃飯、房租的錢進帳戶後，我即刻抵達，一開始住了三天靠普天飛行基地很近的民宿。

離民宿不遠，有個中型超市，半數物品是沖繩當地的東西，這個部分讓我有點著迷。

於是連著三天，花了不少時間在這裡。

三天中的第二天。可能是逛得太投入了，不知道什麼時候推錯了自己的手推車，因此，和推錯車的茉莉認識了。

在正中央可以掃瞄所有結帳客人第III號閘口，赤嶺茉莉咖啡色框的蛙型太陽眼鏡正瞪著不知道發生什麼事的我靠近。

把太陽眼鏡推上頭髮後，她似笑非笑的看著我：「你終於來了。」

沒多久，赤嶺小姐通知我，宜野灣美軍眷區，美軍眷屬全體遷出，大約有上千張的爵士唱片要出清。

她的情報，讓我覺得很值得再繼續逗留。

這個動機，促使我（衝動的）租了間月付公寓，馬上搬進那霸短期租賃式公寓。說來也湊巧，這本來是她家的業務，因為遇到商務或長住觀光客的淡季，因此，像中彩券似的，有了長住對折的優惠條件。

地點在那霸市區較偏的地段，不過因為是地鐵終站，倒也沒什麼不方便。

這一站，就叫「赤嶺」。

我猜姓氏來自土地（區域）有很大關係。

「我只喜歡John Coltrane and Johnny Hartman，不喜歡單獨的John Coltrane，即使他是我爸爸、外公的神。」

我問她是不是單純習慣聽「人聲爵士」這種類別，她否認：「單獨、或與別人合作的Johnny Hartman，我也不能接受。」

「只能是John Coltrane＋Johnny Hartman，是吧？」我幫她肯定句。

這次拍賣會後，每次有美軍車庫拍賣會，她都會邀我。

從剛到的每個月一次，到現在每週一到兩次。

範圍從黑膠唱片，擴大到傢俱、甚至玩具，我們居然變成這種舊貨的同好。

這種看似稀鬆平常的同好會，卻讓我意外的做起二手電器的生意。

先是黑膠唱機。

第一次在美國村旁的大型車庫拍賣會，剛好來的都是即將榮譽退伍的軍官家庭，因此，我一口氣買到兩、三款總共十臺美國舊型唱機，像哥倫比亞、惠而浦這類兼具擺飾傢俱機能的。由於是家庭用家電，因此，即使舊，還是保持滿好的。

就這樣，可能一個月都不到，就幾個禮拜而已，居然（有點誇張的）運了近幾十臺可動作狀態的大型唱機檯回臺北。

（這下子，原來我那有點不怎麼安心的財務狀態，意料之外的放心了。）

海邊通過第一個海岸彎道前，有家面積很大的廢棄旅館，因為招牌字很大，浮雕了不鏽鋼立體字「亞東大飯店、East Asia Boutique Hotel」這樣的漢字、英文並列看板，經過的人幾乎沒人會忽略掉這棟。

有一天，茉莉的一個遠親約了我們，就在這亞東大飯店裡，要我們估算一下房間內的音響零件當舊貨處理，多少錢可以賣。

（終究進來這棟了。）

可能因為經營時間沒有很長，因此內部依舊保留了當時的完全架構。

與被海鹽分洗蝕的外觀比起來，內部，呈現了一種脫離現實的臨場感。看來從沒移動過位置的傢俱，堆了厚度約莫羽絨衣鋪棉那麼厚的灰塵，在使用臨時充電電源通電的日光燈管忽明忽暗的照射下，感覺是外太空拾獲的七〇年代琉球自製的太空船艙。

我們必須趁著還有日光輔助的光源協助，把原有的音響（尤其是喇叭）全部拍完照，盡快上傳、離開。

代管這棟大樓的親戚，把入口的十幾把鑰匙交給我們，因為是一九七〇年代建造，還沒有電動鎖裝置，僅僅入口及辦公室的門鎖竟然就有十幾把。鑰匙圈是粗瓷燒製、不那麼白的扁形圈圈，兩面凹處都烙印了墨綠釉色線條，規矩的圈著標準字，也是墨綠色的字，一面是漢字「亞」，另一面是字母「E」，確實是時間感濃郁的證物。握在手裡時，我有這種異常的暖意。

「等等在美國村廣場的露天電影，可是這裡的第一次、而且還是爵士紀錄片。真的很棒，要謝謝你從臺北借到一個工作天的拷貝片來，等等應該先讓你上臺播幾首柯川的名曲，再開演才對。」

她在旅館的路叉口直接迴轉，我們往美國村的方向。

「我想大部分人應該都跟妳一樣，認為我喜歡的柯川後期咆勃，每首都像要把薩克斯風管吹破似的，這麼恐怖的可能性，讓我覺得直接上片即可、什麼都不必說。」

因為我猜來的人應該很少，而且還是紀錄片。

《尋找約翰柯川》雖然只公演這麼一場，不過也動用了不少爵士愛好者，從翻譯字幕到售票系統，工作人員差不多六個，還不包括現場賣爆米花、炸薯條，沿著座位送飲料的兼差工讀生。

不過，我看這些義務的志願者，都滿開心的樣子，自己卡在胸口那顆隱憂石塊，終於放心的掉了下來。

放映會結束後，我們繼續在美國村海邊旁的燒烤店邊宵夜邊慶賀演出順利。茉莉跟現場音響公司老闆都覺得柯川在廣島演唱會的實況錄影很精采，特別是收音的部分，幾乎找不到漏洞。

這裡頭的人，除了茉莉、我只認識有沖繩big bandboss綽號的爵士唱片行老闆而已，他負責這次的票務和宣傳，因為這島上所有的爵士同好都是他的客戶。出乎意料的，居然特映會的票賣到還要加座位，幸好在戶外，機動的調整擴張到五百個座位數的最大容量。

可能因為這部紀錄片有占一半以上柯川在廣島演唱會的紀錄畫面，因此在日本爵士迷的心中，占有滿重要的地位。

這部片子的主要素材來源是關西區域的一位柯川迷提供的。

甚至，這位收藏家在日本成立了一間約翰柯川博物館。

這個慶功派對，當然還是繞著柯川日本演唱會打轉。

有兩個話題，一直被聊個不停。

一開始是big bandbosss先生說，一九六三年Impulse唱片把柯川先生在紐澤西州錄了好久的幾盤母帶直接當成垃圾銷毀的七首曲子，居然在拍賣會發現了，好像馬上要用《雙向合一：最後的專輯》當名字出版發行的樣子。他問現場的人，要不要跟他預購，幾乎每個人都舉手了。

甚至還有更誇張的驚人情報，那就是柯川先生在去廣島前，先過來沖繩試演出，但因為是美軍和軍眷的限定門票，而且是在琉球人嚴禁的美軍基地裡封閉形式的表演，因此，在網路上沒有任何可被搜尋的資料或實體文獻拍賣的證據。

「據說住了三、四天才直接飛到廣島，全額由美國勞軍經費支付。」big bandboss（似乎）這麼跟大家說。

整個晚上，幾乎大家都盡興地喝了，我甚至不知道怎麼回到住處的。

早上醒來的時候，發現手機裡的語音錄了一段big bandboss好像有點喝過頭的狀態下，講了「其實，柯川到廣島演奏會開始前，先到沖繩暖身演奏會，是確認的。」

「只不過，因為動用美軍娛樂勞軍預算，所以全程都是保密狀態。九〇%美軍及美軍眷的限定席次，參加的幾乎沒有日本人。當時，柯川和三重奏樂團，住在East Asia Boutique Hotel，也就是亞東大飯店，這可能是唯一有機會翻盤讓全世界震懾的柯川新遊記。」

我打了電話跟茉莉講這段無意錄進手機的影片。

赤嶺小姐著急的馬上開車過來，我們在住處樓下的傳統早午餐食堂，一邊喝琉球扁魚湯飯，一邊聽她講「尋找柯川來過」的企畫。

「感覺上像一種新式的旅行團，把全球的爵士樂迷聚在那霸，兩天一夜、或更多天，主地標是參觀亞東大飯店廢墟半天的行程，可能的話再加放一場紀錄片，含民宿旅館住一個晚上，再填進其他可能的相關素材。」

「說不定，這樣已經夠了。」

她打開貼紙文藝風的少女手帳冊，一邊講一邊口述整理的唸出來，感覺上那天晚上 big bandboss 講的時候，茉莉完全清醒的聽到了。

我有點納悶，或者說是用不知道「怎麼會這樣呢？」的看著興致高昂的她。

而她，也只好收起亢進的表情，苦笑的收起過激的表情，就像那天在第III號閘口等我那樣子。

對於John Coltrane曾經來過沖繩的這些蛛絲馬跡，我隱約有說不出來的尷尬。（無論是不是謠傳）要不是因為我帶了紀錄片裡的柯川在廣島的最終旅途，想必事情也不會在筆直的路徑上，突兀的出現這麼多曖昧的小支線道。

在往牧志第一市場的單軌電車上，自己這樣疑慮著。

很久沒過來這裡了。

剛到那霸的時候，以為國際通這邊就是沖繩的全部，貪圖方便，就在街口商務旅館住了下來，隔天，發現街上全部塞滿了觀光客，就知道怎麼回事了。

幸好，穿過無趣的人群以後，裏市場幾乎都是當地人採買的攤位，菜和海鮮也不像外緣那些倚賴遊客的店面，總是需要麻煩的費力殺價。只不過，現在過來，不像以前想買些什麼滷肉、苦瓜之類的類臺灣菜來慰藉自己想念臺灣的鄉愁胃袋，而是刻意的想拜訪Umui叔叔。

Umui叔叔曾經兼職過公司很長時間的土地情報人員，從還沒設立辦事處就開始工作了。

Umui是琉球方言「思考」的意思。據說他那一輩的男生很多人取了這個名字，就跟日本小明一樣的多。

（公司前輩跟我講，來到這裡，什麼都不要擔心，只要把自己放心地交給Umui叔叔即可。）

當然，我來這裡的時候，他已經不做滿久了。

他也是爵士迷，在外市場的商店街開了間爵士Café，一週營業兩、三天，而且完全不知道例休日是什麼時候的那種隨興小舖，與其說是喫茶咖啡館，倒不如說是私人音響室還比較恰當。

很久沒來，發現吧檯上貼了張柯川二十句名言錄的小海報：「**我從中間開始，一次往兩個方向移動**。」最後一句，用最粗的特級黑體字印得斗大。

「公司因為在這裡耗了太久，早上通知我準備解散了，所以過來跟你講一聲，順便看看有沒有什麼好玩的事，可以跟我說的。」

「其實，這是意料之內，你自己有什麼打算嗎？」

我搖搖頭。Umui把剛剛煎焙好的咖啡手沖了一杯給我。

他對於沒能趕上《尋找約翰柯川》的戶外演出，覺得對我不好意思。但，我知道他純粹只是不想和big bandboss那批人碰面而已。

颱風似乎即將登陸，Café半掩的杉木百葉窗外，雨忽大忽小的飄著。

「你預約柯川一九六三年《雙向合一：最後的專輯》了嗎？」他指著吧檯那張金句海報，說是東京發行商寄過來的，最大的那段話，其實是Wayne Shorter的記憶，兩個人在某場雙薩克斯風對決後臺，他跟他說的，唱片公司剛好用在這套被認為是謠言的《Both Directions at Once: The Lost Album》專輯上。

「恰到好處，可不是嗎？即使說不準這也是韋恩老師記錯的話。很多這種東西，只是錯置而已，而不是刻意造假。」

他從烤箱拿出拌夾了苦瓜起司的三明治，俐落的斜切成兩人份。

「你們要做那個『尋找柯川在沖繩之旅』，進度到哪了？這應該沒什麼好奇怪的，畢竟這是全日本最少人的縣份，更何況又是爵士樂迷的小圈圈，露天電影一結束的同時，說不定連最遠的宮古島都知道了。」

我有點呆掉的停在剛咬下三明治的剎那。

屋外的扶桑花欉，被風呼嚕呼嚕的吹得有點難過的樣子。

我倒沒問他約翰柯川是不是真的住過亞東大飯店，而是問了為什麼歇業那麼久，一直沒復業重開的困惑。

「講真的，這也是我要勸你小心謹慎的地方，即使約翰大師真的住過。」像潛泳換氣似的，接著說。

「柯川抵達日本的最終巡迴是六〇年代末期，一九七二年美軍才把沖繩託付給日本政府代管，換句話說，當時是美國的國境內。」
「我生於一九四九年，亞東大飯店落成時，我剛滿二十歲。當時一九七〇年，這是件不得了的大事，至今我都還記得剪綵的琉球最高首長詹姆斯．班傑明中將的名字。很不幸的，就在即將移籍給日本政府的同一年夏天，飯店的房間內發現了穿著B. S.冰淇淋店制服的少女服務生屍體，住宿登記者是美國空軍上士，因為剛好在兩國法律曖昧的交接期，這位上士連筆錄都沒做，就什麼也不管的回到美國本土。沖繩百姓憤怒的把飯店包圍了幾個星期，可想而知，也不可能有當地的人願意在那工作。看起來風光十足的大飯店就這麼癱瘓了。」

颱風真的像預告一樣的降臨了，一時間，我也沒辦法回到住處。

只好繼續待在Umui Café，他叫了隔壁的臺灣滷肉飯，繼續放著柯川一九六六年日本巡迴的現場。

快吃光滷肉飯的時候，他提醒我，一九六四年六月柯川被加拿大電影局委託的《行李箱中的貓》電影配樂也找到母帶了，也就是傳說中的《Blue World》。

「可不是謠言喔，唱片公司已經開始預約廣告了。而且一直在恆溫狀態的類比盤帶，聽說音質好得跟現場差不多。」

我想，等到九月拿到這張專輯，再決定要不要離開好了。

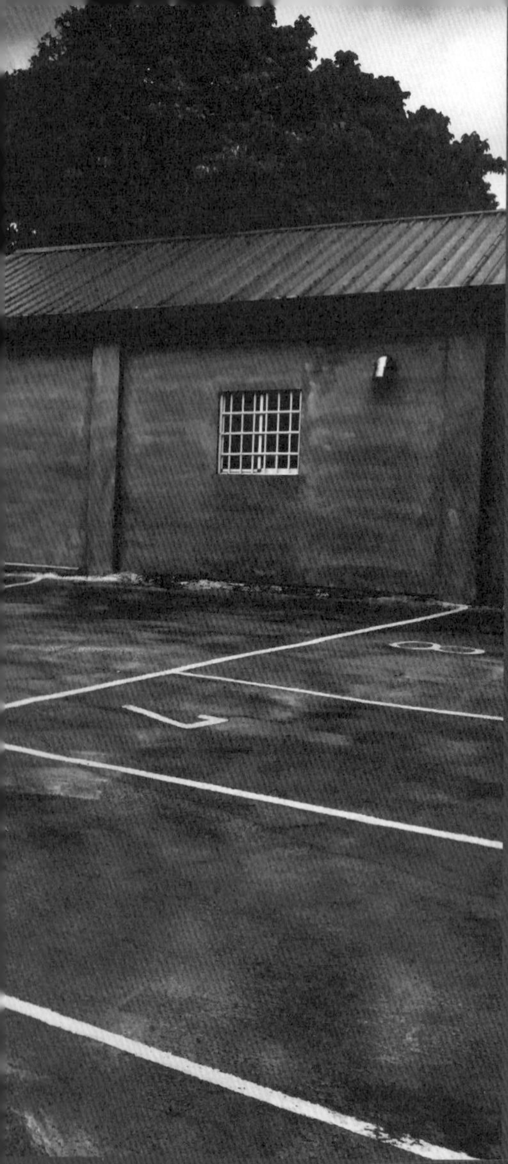

公園的小號聲

只要天空開始浮現暮色，那個聲音就開始由淺逐漸變深，這樣講，好像不適用於形容聽到的氣氛，不過，確實是這樣的。

一開始是黛兒在某一天大雨的黃昏，躺在長沙發上幫誼德校對演奏會套譜時聽到的，她聽了很久，發現間隙的巨大的雷聲裡，有緜長略帶蜷曲的小喇叭聲。

本來她覺得是不小心睡著後的夢境。

「不過，做夢會留下聽覺嗎？」她有點困惑。

因此，沒馬上跟他講。

那個晚上，她因為隔天一大早有鋼琴教室幼兒班的鋼琴課，於是，沒留下來過夜就離開了。

這個只有一房一廳加上勉強隔出來的廚房的迷你公寓，是誼德小時候住的半違建的小樓房都市更新後，改建大樓分配到的。

才住進來不到半年，因為是最高樓層，所以有好到不行的視野；可以清楚的看著這個城市唯一的大型公園，他幾乎花光了所有存款，除了改變隔間，加出了一間有中島流理檯的廚房之外，也把陽臺和臥室連成一個用玻璃空心磚牆隔出來的個別空間。

若即若離的透明牆面，不僅修飾了老式空間的狹隘侷促，同時也放大了兩個個別空間。

這一類的生活細節，他從小就比一般男生早熟，小學高年級開始，他就能把也在這個地點的粗製簡陋違建屋裡收納成近乎樣品屋的樣子。

不只能有效率整頓住處的清潔，還能把家裡的傢俱，或者組合、或者修改，再排成順暢的動線，這個專長，讓經常過度勞動的爸爸覺得輕鬆，甚至自豪的向來往的同事誇耀。

他每天把父親喝過的茶葉曬乾後，撒在地面，這樣就能輕易的掃除克難鋪成的凹凸不良的水泥地的清掃，這種學習，全都來自學校訂閱刊物上補白的「生活小常識」那種東西。

這是他從小就很讓大人驚訝的不可思議個性。

改建後，裝修完成的公寓，除了鳥瞰的優勢，這也是他練習小號的絕對隱私場所。

黛兒第一次睡在這裡的時候，他很興奮的說：「再也不用擔心，我們太親熱時發出的任何聲音、對話，會傳出去了。為了這個，我做了一級錄音室才有的『隔音』措施。」

這當然是句開玩笑的情話。

以往，他一直為住在那個下雨得忙著用水桶接水，晴天也沒辦法練習小喇叭的老舊家屋而苦惱。

她甚至沒被邀請進來過，一次都沒有。

他們在連鎖樂器的音樂教室認識。黛兒一開始就注意到他，兩個看似合理的原因，讓他們一下子就走在一塊。

首先是：誼德的課表，總在她的前一堂課，在教室不多的這裡，幾乎每週都要被迫的不斷見面。

再來是誼德是唯一在課表上不用中文名字的老師，他用 Gillespie。

第一次約會時，他送給她演奏會的票，是他的爵士三人組叫做「Trio Dizzy」的演出。

那天晚上，她第一次讓男生睡在她的榻榻米臥室裡，聽他講了一整個晚上在紐澤西學 trumpet solo 的不尋常歷程。

他大學省吃儉用，除了兩份家教，還在假日花市當搬運工，存了好幾年的積蓄，也申請到 Rider University 的獎學金，為的就是 Dizzy Gillespie 一學期才現身不到幾次的客座教學。

天色開始透著即將早晨初光的時候，他很遺憾的弓起上半身，彷彿有什麼巨大的遺憾似的，怔怔的看著她半邊躺在枕頭上的側臉。

黛兒這個時候以為，這個晚上，發生了某些讓他不舒服的細節之類的。也跟著把身體靠在牆邊的大抱枕上，有點沮喪。

「我到紐澤西學校報到是元旦的假期，整個美國還沉醉在聖誕到跨年的狂歡喜悅裡。自己非但沒有絲毫開心感，反倒想直接買了歸程機票回家算了。」

她鬆了口氣，移動身體，疊抱著他的上半身，仰著頭等他把話講完。

「『全名叫做：John Birks Gillespie的咆勃小號手，一月六日在紐澤西過世。』沒有衝動離開的自己，在巨大的打擊下，坐了很遠的灰狗巴士到紐約參加了他的葬禮，然後，離開時，訂做了一把跟Dizzy老師一模一樣的彎曲小喇叭，雖然，我幾乎不會用它來做正式演出。」

他喜歡做菜，尤其是古巴式的地中海菜色。

誼德說是在演奏古巴爵士的餐廳打工時，像狩獵犬一樣的每天盯著進貨食材，點點滴滴的收集起來的。

對黛兒這種在歐洲學習正統古典樂，且一直都有媽媽陪伴的獨身女而言，光塞滿了牛肉醬、豬羊肉腸、炸薯片，還淋滿奶油乳酪的Frita漢堡，就不可能上得了她們家的餐桌。

媽媽對她的身體形狀的控制，幾乎是那種用顯微鏡丈量的地步。

不過，自從母女分開住同一樓層、卻不同號碼的生活後，這件事開始有了轉機。

最有趣的是，全素食的母親，竟然愛上了他每週賄賂至少一次的古巴烤玉米這種塗滿 Cojita cheese，還要擠檸檬汁當沾醬的怪東西。

不過，在他搬家前，他每次在黛兒這邊過夜，都像竊賊般的小心，即使早晨出門的偶遇，也要謹慎的說明「才剛到」這類推託說法。

誼德的房子，是他不太提起的爸爸留下來的。

即使如此，不過，他會小喇叭這件事，倒是因為父親；或，根本上來說，爸爸才是他的啟蒙老師，即使他完全否認。

黛兒沒有見過他，就在誼德打算正式介紹，讓兩家人一塊餐敘的前一個禮拜，他出門後，就沒有再回來過。

雖然，曾經被診斷出失智的初期症狀，不過，他還是習慣早上帶著小喇叭，到離家十幾分路程的公園，吹類似起床號的行軍音樂。

作為軍樂隊頭號小喇叭手的他，跟著政府顛沛一輩子後退伍。後來一直長期在葬儀社的禮儀隊演奏著沒有人會仔細聆聽的曲目，直到失蹤還帶著長年一直在身邊的上海樂器社訂製的小號。

嚴格說起來，他領養了誼德，還能讓他到美國學習，完全靠這一把小喇叭。

暮色，差不多那個時候，就準時開始的迷離音，由淺逐漸變深的小號聲。準時而且音量一致，毫無例外。

雖然她和誼德，都有著相同的問號。

不過，他很確定的說：「他應該不可能吹奏〈Tin Tin Deo〉甚至〈A Night in Tunisia〉這種曲子的，我幾次給他譜，他都嫌吵。」

那個聲音，一直是這兩首歌的交織替換。

69 號線—的—離開

可以確定的，這是同一個地點。

但因為傍晚的灰暗，所有建築物都露出一種難以形容的詭魅色調。注視太久，甚至會有說不上來的視覺疲勞感。雲層厚重得嚇人，然後，被海鹽味道的南風猛烈吹送成各種即刻變形的棉絮巨型生物，搭配間隙漏出的殘破陽光，感覺真不舒服，如果不是必要，應該沒人會想待在這裡。

我們倆就在這廢棄的火車站前，像好不容易抵達聖地的苦悶僧侶，面對著荒蕪已久的著名廟宇，說不出該如何是好的呆滯心情。

「你多久沒再回來這裡了？該不會畢業後就沒再回來過了吧？」

小蜜問我的時候，剛好一班整點的火車急馳過站。

「是不是普通列車停開後，這站就廢了。感覺好淒涼。」

「像不像不知道已經被拋棄的女友，還在等待的那種悲劇感，愛人每天都經過，就是不會停下來。」

她把她 agnès b. 黑單寧拖特包裡的水壺遞給我，喝了水後，覺得略為緩解剛剛視覺上的不快感。

「妳呢？妳老家親戚都在這，應該常回來才對啊。」

我看著她從小到大引人側目的灰藍色眼珠。

「外公過世之前，每一年冬天我都回來避暑。」

她拉著我，一起往她的三菱老式 RVR 走去，紅烤漆的車廂在黯淡的暮色裡，有種異樣的光澤，不那麼豔麗的渙散著。

西湖的冬天，幾乎是不下雪的，然而，這個跨年日，從午後就開始飄下一點點細細像蒲公英花絮的雪霜，到晚餐正式演出前，從我們Flower JZ看出去，簡直無法想像，大雪由天空驚奇的巨量傾倒而下，變成了純白的夜湖，在杭州長大的同事們不約而同的尖叫起來。

晚上的重頭戲是華人爵士女伶第一人，已經年近八十的Rebecca Pan。另外，也是我來這裡兩年，下場演奏的第一次，因為七人編制的big band，需要傳統接地式低音貝斯，也是潘小姐的唯一要求；只不過，從聖誕夜到元旦的這段黃金時間，所有的樂手，都被上海找去了，更何況這種冷僻的老式樂器，全亞洲找不到幾個可以上場的player，更別說是南中國了，於是，原本是酒吧節目製作人的自己，只好頂著上場啦。

早臨的突兀降雪一直沒間斷過。

但是，這綺麗的Shanghai diva開場〈Hello, Dolly!〉歌聲一起，現場幾乎都忘了門外災難一般的暴風雪正幾頓幾頓的降臨著，果然全數激動雀躍鼓譟。我一邊看著窗外發出娑娑響聲的白色光點，一邊嘣砰嘣砰的撥彈著這三天練到倒背如流的Louis Armstrong—Live版本，然後只能望著側面的Rebecca姊姊，那張軟軟咬字唱歌的紅唇，居然也吐納著陣陣冷冽的霧氣，有句叫做「恍如隔世」的成語，指的應該就是現在的這個狀況。

心境在這個時候，不安被安靜取代了，即便是在熱鬧的演奏工作中。

或許，是早到的冬雪，也可能是重新撥彈了一直熱愛的double bass，總之，原來一直黏膩在身邊說不出的困頓感，似乎被驅離了。

臺前歌聲與big band的演奏和臺下陣陣輕鬆的笑聲，混合了葡萄酒杯輕碰的噹噹玻璃音響；一下子，表演就過了中場休息了。

Rebecca端了她的長身香檳杯，很恭謹的先敬了架在地上的低音大提琴。

「Thanks! Good boy! Good standup!」然後再邀我和她喝。

「今晚的跨年還下了難得的瑞雪，真開心。一定要把我帶來這瓶Paul Déthune喝光，二〇〇四年的世界上所剩不多了。」

她勾著我的手，一起坐到Flower JZ特別為她準備的靠窗包廂，然後再把冰涼的氣泡酒液徐徐注入我的空杯，似乎比在這jazz bar的任何一位工作人員還要熟練得多。

「小時候在上海家裡，就經常幫我父親開酒，倒酒，後來四九年後到了香港，有一小段時間，還進口過法國勃根地葡萄酒莊的產品。小鋪在九龍，靠天星碼頭邊上；不是開玩笑的，再糟的開瓶器，再壞的軟木塞，阿姨都能完美無瑕的打開它。」

喝了第二杯後，我們不約而同的凝望著湖邊被厚雪包覆的柳樹群，整個湖面被月光反射出奇異的銀光，在陰霾的夜裡像移動的鏡面，忽明忽暗的閃爍著。

「儂彈了伐錯嘛～」

可能是太開心了，大姊突然用上海話稱讚了剛剛我的伴奏。

「聽得懂嗎？每次回到這一帶，心情也跟著回到小時候。特別是今天，好歌好聽眾，還襯景的下了雪，彷彿三〇年代的氣氛，那時候，家裡都會來西湖賞雪，幾乎每年。」

「大姊，以前你們來這裡，春雪應該不常見吧？」

這場提前太早的雪，事實上很讓我困惑。

她有點跌入某種回憶似的，還沒來得及回答我的時候，鼓手已打起「咚～咚咚～」續場的連環打擊聲。

沒等她回神，匆忙而且慌張地把酒杯放回桌面，拿了檸檬片塞到嘴裡，準備嚼到演奏結束。

上臺後，她喝了口水。問我：「Marlena Shaw的〈Where Can I Go?〉當encore song，沒忘吧?!就一首。」然後俏皮的眨了右眼。

毫無疑問的，一如彩排，ending我們表演Louis Armstrong更為人知道的爵士國歌——〈What a Wonderful World〉。當Rebecca靠近麥克風，報出歌名，整間bar的人全都站起來，近乎街頭暴動似的起立往表演臺簇擁過來。彈出第一段前奏後，看著客人隨著和聲跟唱舞動，連自己都覺得開心不已。

圓潤的最後一個小節伴隨著歌聲靜止後，鼓譟著要encore的人頭波浪突兀的閃過一張試圖攀上舞臺的臉孔，不知道是不是錯覺，透過低音琴，我的眼神餘光告訴自已，是張熟悉的臉。

（不會錯，那是熟面孔。）

雖然我想不起來，但很確定。深深的吸了口氣後，我把嚼到沒酸味的檸檬皮吐掉，注視著門外已經靜下來的雪勢，等待鋼琴手的前奏，準備著我要撥出的第二段兩小節的高音前奏。

我們前天排練Marlena Shaw的時候，Rebecca猶豫著要快歌還是緩慢節奏來當回場歌曲，在電腦搜尋時，意外的看到了熟悉的黑膠封面。絕版的《The Spice of Life》，一九六九年的Cadet唱片。

（天啊，我的童年，南都時光。）

某種理由，我建議她唱這首有點blues開心情調的〈我可以到哪裡？〉；或許就因為太熟悉這首歌了，當時，小學六年級，因為唱片封套歌手的化妝特寫，一直以為唱歌的女人是亞洲人，並且姓蕭。

因為播放歌曲的湯老町校長，總是說：「安靜喔～Miss Shaw要開始唱了喔……」

Rebecca唱完了，在我彈的那第二段兩小節的高音前尾奏之後。

她在臺上像慈祥的媽媽，舉起雙手，把手掌打開。用最溫暖的發音，要大家跟著她倒數……「五……四……三……二……一！」

所有人，可能包括了現場的工作人員，在音樂靜止的剎那，全都停止了手上的動作，齊聲說：「Happy New Year!」

我們也把原來準備好的Antônio Carlos Jobim在六〇年代寫的慢板bossa nova新年快樂頌順著歡愉的情調，留下來給東京Blue Note的老牌鋼琴手獨奏元旦第一曲。

趁著獨奏，Rebecca和我們幾個player就無聲的從一旁退下來了。

我陪著Rebecca坐回她的包廂，繼續喝剛才剩下的香檳。吧檯送來一碟低脂的荷蘭煙燻乾酪，我們各吃了一、兩片後，她開始打起呵欠，我卻在專注傾聽鋼琴獨奏聲中，不由自主的浮起那張可確認的表情，那又是多麼久遠以前的記憶呢？

「好睏啊，年齡這種事真騙不了人，中場時，我還想我們在表演完，可以好好喝光這瓶難得的老酒，哎呀，想不到encore一唱完，呵呵，老皮球就全洩了氣，我想，該回房間睡了。」

「然而，小朋友，明天一早我就回香港了，要謝謝你幫忙的一切。下回到香港，別忘了Rebecca阿姨呦～」

她有點恍惚的站起來。

鋼琴獨奏這時候已經完全停止，換成雲端串流輪播Stan Getz製作的Astrud的bossa nova，在Astrud Gilberto小姐甜美吟哼的同時，我挽起Rebecca沉重的腳步往屋外走去。

該用最快的速度送她回hotel，我想。

幫忙把大衣披上，她自己圈了毛圍巾在脖子上。感覺還好，她應該只是累了，沒有醉意。

我們出門，只聽見變小的霏霏細雪聲，氣溫也沒有到不可忍受的那麼冷。

「沿著湖走，大約三分鐘就到了，大姊，如果妳有不舒服，要跟我說。」

湖畔的人行道都是積雪，除了我們的腳步聲之外，周遭比起平時的夜晚，格外的靜謐。

自己下班幾乎天天都走這條路回住處，常見的惱人活動是有莫名其妙在這比賽打水漂的人，並且都選在這段時間，更不可思議的，可能有幾個看起來滿固定角力的若干小隊，一邊瘋狂的往湖裡抛擲石塊，一邊發出比白天街頭鬥牛籃球還要過分的猥瑣嬉鬧呼聲，直到警車蒞臨，才會停賽。意外的，今天他們休息，可能也跨年去了。

「到了。真的很近嘛～」Rebecca如釋重負的驚嘆。

這是西湖畔最老牌的旅館，跟我們的bar在同一條路上，雖然不像打著國際品牌的連鎖hotel那麼多花樣與設施，但有一定的清新品味與極為simple的格局，老杭州都會招待客人住這家網路蒐不到的H69；「H」應該是杭州的縮寫，「69」或許指的是地址上的「柳營路69號」。自己就這樣胡思亂想的走到櫃檯幫她拿鑰匙，另外還交代他們明天要準備西式素食早餐，並給工作人員我的最快聯繫方式（其實，我就住在38巷的小區，而JZ Bar則是18號，都是五分鐘距離）。

「想起來了，日本人侵占上海那年，如果沒記錯，應該是三七年底，我快上小學了，因此印象深刻，當時，上海杭州都下了大雪，家裡的大人都說危險，不可以出門。」我陪她進電梯，直到她的六樓九號房。

「大姊，因為明天上午我要處理新年休假同事的排班，沒辦法送妳去機場，下次去香港再去看你。今晚表演好精采，再次謝謝妳！」我們互相擁抱，等她完全闔上房門，才放心往電梯方向走去；進電梯後，在下墜的速度裡，感覺精神完全無法集中，因為剛剛她講的話嗎？恍神的狀態裡，甚至以為電梯是失速了。

煙幕彈似的心情。電梯還是盡忠職守的把門打開了。

更驚奇的是，那張可以確定熟悉的臉，來了。

門開了之後，她那沒人會忘記的灰藍眼珠，搭配著微微皺起的眉頭，幾乎貼著我的臉，笑著叫了起來：「想不到吧！嘿！新年快樂。」

從心臟差點沒吐出來到安心的喜悅，天啊，怎麼會有這種跨年禮物呢？

小蜜穿著蕎麥色的合身短外套，頭髮還是以前那樣蓬蓬的棕黑色，她微笑的看著我，像二十幾年前的小學生一樣的充滿活力。

「我可是找了很久哪，要煮宵夜？喔，喔……應該是『早餐』招待花之蜜同學嗎？」

微微泛藍的天空，在七樓的小公寓外纖細的輾轉成早晨的視野。雪，在我們沒察覺的時刻，自動的停止了。

小蜜用冰箱僅有的材料，做了蛋餅和一大碗拌了冷壓橄欖油的萵苣沙拉。我燒了熱水，沖了一壺龍井。

我們一起在唯一一張大桌子上，開始二十年後的第一次早餐。晨光純潔的照著她那難忘的臉龐，亮晶晶的眼神，以及我偶然失意時會懷念的一切可愛姿態。

只是，我從來沒有想過要找她。

想起她，和落實去追尋她的下落，是兩回事。

「想過嗎？我們會再度重逢的事嗎？」

我搖搖頭，幫她的杯子倒了去年最後一批梅塢雨前龍井，既不否認也不承認，畢竟當時那麼小的年紀，不應該在成年後，有什麼期待才對。

「可是，我真佩服妳，居然能繞遍半個亞洲，找到一個無名氏。」

注視著白瓷杯浮起的翠綠茶針，儘可能讓說的話平靜一點，因為現在確實讓自己太驚訝了。

小蜜把隨身行李打開，拿出尺寸小得驚人的平板電腦；然後，把桌面迅速的理成一塊空白，連上網路後，她用手在電腦上劃出幾個一九三〇年亞洲的鐵道檔案夾。

「好吧！其實除了想念的因素外，最大讓我找到你的動力，是外公過世前的遺言。他除了家屬的財產分配細節之外，很奇特的在最後，交代把一面牆的黑膠唱片與一箱和火車鐵道地理誌相關的舊書，留給一個他多年來喜愛的學生；律師問了媽媽家幾個從國外回來告別式的親戚，都沒人知道。」她像小時候在她外公家聽唱片時，一模一樣的，把頭靠著我的肩膀。

「媽媽和我到爺爺書房把那箱書找到。然後，她打開瓦楞紙箱，裡面有兩頁洋蔥信紙手寫鋼筆留言，給你的。」

「媽媽看完信，問我：『妳這全球最大的獵人頭公司資深探長，找得到妳學長嗎？』」

天啊，二十年一晃就過去了。

電腦桌面網頁連結的文字，浮現了那個我、小蜜和湯校長每週遠足的小車站。

小小的原木車站，從來都只有我們三個人的獨立空間，當時瀰漫著臺灣牧草特有的清新空氣，也飄進了相隔八百公里的公寓裡頭了。

「只要有堅定的心意，一定可以跨越時空的障礙，找到該找的。當時媽媽調侃我的時候，我暗自跟自己說。」

她把校長寫給我的信平攤在電腦上面。

原來如此，我那無法集中的意識，原來不是其他的，而是以為遺忘的童年。

我把她的平板電腦移到客廳的松木矮茶几上，開始仔細的閱讀那些上個世紀的亞洲鐵道連結。

小蜜把餐桌清理乾淨後，從冰箱把Rebecca送的〇四年的香檳倒進我唯一的玻璃醒酒器裡，然後不知道從哪裡找到兩只高腳杯，俐落的放上（也是唯一的）托盤。

她把托盤放在木質地板上，把七分滿酒杯放在茶几上。

然後，站起來大大的舒展了身體，看了窗外，戶外的雪又開始了，街道上說不出名字的路樹都掛滿了積雪。

「好好看的風景，跟夢裡一樣。」她不像是開玩笑或故作夢幻說出來的。

接著她站到整齊排滿了ＣＤ的那面牆前。

「這是低音大提琴中毒者的變態收藏牆面嗎？我本來想找張唱歌的來當重逢的背景配樂的。」

「妳放『Molde International Jazz Festival』那張挪威現場Live吧！雖然這專輯是紀念Weather Report過世的超級貝斯手Jaco Pastorius，但裡面有十六歲的少女Silje，妳一定會喜歡的，雪天裡聽北歐女聲，沒有比這更合適的配樂了。」

中音saxophone與bass對奏後沒多久，Silje帶著甜甜稚氣就開始了，是許多人都愛唱的老歌〈Let There be Love〉。她伴隨著歌聲，小步輕舞的轉到我旁邊，端起香檳，（依然）繼續把頭偎在我肩上，把原本置放在沙發上的靠墊，塞進我們的背上；一起坐在地板上的我們，不僅沒有陌生感，甚至都沒有離開過。

「果然不是Nat King Cole那一路線的唱法，我喜歡。」她跟著和，因為這是首我們熟到可以毫無錯字抄寫歌詞的曲子。

「校長每次要開始講《銀河鐵道之夜》，都要放Nat King Cole自彈自唱的版本。後來，就換成妳彈、老町爺爺唱了。」

那些記憶終於回來了，並且準確的陳列在眼前，沒有任何異常的來到面前；看著已經快看完的網路連結，我不禁掐了她的鼻頭，像小時候在她外公家的某些興奮時刻。最讓我們兩個人期待的，莫過於到柳營車站的遠足了。

她好像累過頭了，也有可能是完全放鬆的緣故，居然倒在我盤坐的腿上，輕輕的打起了小小的鼾聲。然而透過電腦畫面那些文字，自己疲倦的視覺一幕又一幕遞送著超越現實的風景，沒有絲毫遺漏的密布到腦海裡。

昭和風格的木造車站。

陽光遍照，牧草繁盛的乳牛牧場。

單軌鐵路旁數也數不清的地下涵洞。無邊無際的交替著，依照著某種我應該會知情，但目前無法理解的順序，向我展示。

（或許太突然的情緒模式，讓自己眼睛也疲倦到沒辦法承受了。）

或許不僅僅只有視覺，我還（親耳）聽到湯校長講著《銀河鐵道之夜》的片段。黑膠唱片輪播著Marlena Shaw唱〈The Spice of Life〉詭異混聲了Nat King Cole的〈Let There be Love〉的鋼琴伴奏。

還有，隨意遍開粉色羊蹄甲的濃郁香味混進了潮溼的泥土味。冒著白煙的鈦金屬嗆鼻提煉酸味。

（緊接著。）

我看到松木茶几軟綿綿的陷進了同色的地板，已經分不出顏色的牆壁把剛剛那些畫面聲音都吸了進去，然後，又恢復原形的吐了出來，像海潮似的前進再後退。

這一切的錯覺現實感，很可能速度不到相機快門的1／125秒而已，然而我卻感覺到非常非常多的狀態，像突擊般的襲來……

和小蜜幾乎在同時被凶猛的朝陽曬醒。

兩個人舒適的躺平在茶几與沙發的夾縫中；她蓬蓬的頭髮枕在我印著Willie Dixon（毫無疑問的還是個jazz bass player）的紫藍T-shirt上，然後困惑的瞪著我：「奇怪了，竟然完全沒有做夢。成年後的第一次完美睡眠。」

雪塊開始從路樹上，涮涮的發出疑似山崩聲的同時，我輕輕把她的身體移到比地板還要柔軟百倍的沙發上，站起來的我，看著晨光斜照著她舒服的模樣，覺得真的要離開了，離開其實和我一點關係也沒有的這個典雅古城。

然後，跟她回去那個一直扣在心頭的老老的小鎮，並且把只有我與校長才知道的祕密任務完成。

松木茶几依然安穩的站在地板上，沒有陷落；純白牆面也還是光滑平順。室內的CD喇叭不知道已停了多久，老式暖氣的運轉成了極靜早晨僅有的聲音。

我把其實並不多的工作，一次列成一張表，簡訊傳給Flower JZ的同事，並請他來幫忙我把這小公寓的物品打包，看看時間，我還有兩個禮拜租約就到期，簡訊裡我沒告訴他我不回來了，只說要搬家。

比起一般的男人，我的行李應該算少的，沒有西裝、沒有大衣，甚至一雙皮鞋也沒有，傢俱電器用品甚至連最常用的ＣＤ播放器都是租賃的物業公司提供的。

唯一需要同事稍微費心幫忙保管的，可能就是小蜜開玩笑說「低音大提琴中毒者的變態收藏」的這一堆ＣＤ了。

「呵～」她打了一個滿足的呵欠，伸展了手臂，像是充飽了氧氣似的站起來拍拍在餐桌忙著memo的我，愉悅閃著亮光的說：「我得仔細慎重去淵水shower了，免得等會大哥哥嫌棄我的汗味，飛機上要跟其他人坐，那就慘了。」

安靜的室內多了隔音不好的淋浴水聲。

我把幾乎沒開過的電視打開，遙控器轉了很久才找到一個沒那麼吵的頻道，物業公司幫我們私接的小耳朵衛星電視裡，播放著「亞細亞的祕境駅」，應該是日本公共電視製作的，像音樂臺似的，旁白少到幾乎只剩巴哈無伴奏大提琴的音效而已。（不過，完全無所謂，現在，我把它當配樂使用。）

我開始把幾件T-shirt捲成蛋捲模樣放進手提行李箱，然後是運動衣物和盥洗用品，再來是幾件顏色褪到無法辨識原色的牛仔褲，最後把兩雙跑鞋放入後，居然還有空間，想想我的生活真是簡單到近乎無聊的地步了。

她換了川久保玲的小紅愛心七分袖白棉T，蓬蓬頭用桃紅的寬髮帶順順的束起，安靜的托著小小的臉看著「亞細亞的祕境駅」的衛星轉播。

我則準備打給認識的旅行社，打算訂最快到南都的機票。

雪塊從樹上崩落的聲音繼續著。

突然興奮的她叫了起來：「哎呦，他們拍到了柳營站耶……」我暫停了按壓手機的動作，看了畫面，旁白說從一九四九年後，就不知原因的被廢站了，但因為是私有地產，政府也無可奈何。電視上清楚的說明了現實上的意義，但，好像也預告了我和小蜜會把非現實的抽象意義解決似的。繼續的旁白說：「當地的相關單位，宣稱會在選舉後的新政府任內，讓這條『鬧區裡的祕境車站』復駛。」

「妳準備好了嗎？我要訂機票了。」掛在牆上瑞典製造的平價電子鐘把液晶數字翻到了「10:15」。

她把和髮帶同色的桃紅Benetton手套與圍巾拿在手上，交叉手臂盯著我笑著：「兩點整的機票，夠時間讓你帶我去吃正宗東坡肉配薺菜粥了吧……！」

沒有任何意外，我們準時上了午後兩點的飛機，不遲到的南方航空，我倒是第一次坐。從機艙小窗戶往下眺望，已經停下的雪變成令工作人員為難的烏黑水漬，一路跑在航道上的飛機旁，都充滿了努力除雪的人們。

或許因為太快告別了冷空氣，頭髮居然濕濕的沁著沒察覺的汗水。我告訴空服員需要加冰塊的礦泉水時，她似乎頗有同感的說了：「兩杯冰塊，兩瓶水。」

飛機脫離地面時，她問我有沒有像那些除雪的地勤人員一樣，有被為難的感受？

「哪會，或許那些人跟我一樣心甘情願的不得了，他們或許都有加班津貼，或許還有我們有所不知的除雪樂趣。我也一樣。」

看著她那號稱南都十萬分之一荷蘭隔代混血的瞳孔，我伸手緊握了她久違二十年的手。

播音公告可以把安全帶解開後，我看了窗外離地甚遠的天空，晴朗的一片雲也沒有，再看看錶，兩點半。

「你一直有跟外公寫信？」我點點頭。

「我整理他的書房時，發現了很多你從各種地方寄來的信。」

「那麼，妳看了我寫的內容了嗎？」我有點介意的問。

「怎麼可以呢？這樣太不道德了。不過，我知道遺失的這段時間，你都在幹嘛。」

「說來聽聽，有情報錯誤，我還來得及修正。」

「你聽說過全世界最大的Head Hunter公司，『Group-A』嗎？」

我搖搖頭。「我是個從來不看新聞、不追求資訊的平凡bass手，而且還是三流的爵士樂團備胎。」

「好吧。」

她開始從她是「Group-A」的亞洲區執行長說起。南都私立女中二年級後，他們全家就搬到加拿大，從英屬哥倫比亞大學拿到財會雙學位碩士的同時，也已經通過美、加、香港三地的會計師執業證書了。
二十六歲進入這個全球最龐大的獵人頭企業，擔任最年輕的財務長。
「拿到辦公室同事完整的資料時，我比對了一下，被派到新加坡當ＣＦＯ的時候，其實你也在。」
「噢～bingo！我二十九歲到三十二歲都在那裡的大小酒館打雜，從克拉碼頭週四的『Smooth Jazz Thurs』節目領班開始做出了同業間一點小小的好評。三十一歲那年，歷史悠久的Raffles Hotel，因為中國旅客增多的因素，週三Jazz Times換成『上海時代曲之夜』，換掉白人領班，改由我這會華語的黃臉熟男擔當。」
「補充一下！這家老得不像話，高齡百多歲的萊佛士酒店可沒透過什麼head hunter公司找到我呦。」她好像沒意識到我挖苦式的玩笑。

「毛姆住的房間我可是去參觀過N次的……我很喜歡你們飯店的露天花園。坦白說好了，你到這上班的主要目的，是幫接班的年輕亞裔老闆撰寫家族自傳的。」

她慎重的說出這段關鍵句子後，溫柔的把臉頰靠近，像個未成年的少女輕輕的把嘴貼上我的唇。

「這麼說好了，表面上你是個低調的樂隊領班，閒暇以彈奏低音bass為主要娛樂。除了圖書館，二手黑膠唱片行之外，幾乎沒有往來的朋友；另外，因為大學也轉了幾個學校才畢業，同學根本無法聯繫。」我跟空服員要了杯明知道難喝的咖啡，另外要了杯純鮮奶，準備做成兩杯牛奶咖啡。

「南都現在還賣牛奶咖啡嗎？我記得校長總帶我們去妳高中對面的早餐店，喝奶咖，配炭烤三明治。」我把調好的替代品放在她的小餐檯上。

「哎～喲……你回去了以後就會知道，這個小城市，一點也沒變，只希望大哥哥節制點，小妹妹是不喜歡胖子的。」她捧場的喝了一口，眨了眨迷人的眼睛，輕輕的清了喉嚨，樣子像要上臺訓話的教務主任。

「如果不算你才交件的那本Rebecca Pan的《Back to Hometown》。大學畢業後到去年，很精采的完成了十個亞洲反對人士的自傳。」她像印表機毫不遺漏的把我代筆的每本自傳出版商及地點一一的列印出來。

「真是不懂，像『Group-A』這樣規模龐大的獵戶，不是該去尋找稀有的長毛象或是好吃的山豬，像我這種常見的瘦皮猴，何必費事呢？」空服員開始收紙杯了，機艙外的天空依然晴到極點，雲，則是一朵也沒有。

廣播要我們繫上安全帶的同時，她緊緊的趴到我身上，小聲的說：「話可不能這樣說。如果客戶指定要養姿色平凡的猴子，我們還是得去捕捉啊！」

「更何況，除了在遺囑指名要你的湯老町校長外，身為獵戶隊隊長的花之蜜也想要有隻這種寵物啊。」

從K城機場走往高速鐵路的戶外通道時，我們不約而同的把外套脫下，繫在腰上。真是熱得嚇人；抬頭看了牆上的液晶溫度計，不是錯覺，近30°C的春天，完全不像童年時的南方一月天。

「全世界都一樣，拚命蓋出嚇人的摩天大樓，幾乎是另一種建築奧運比賽，這裡也不例外。哎，你可能沒注意，剛剛我們在K城的機場旁，鋪天蓋地滿滿的疊了樂高積木般的無人大樓。感覺像是某種詛咒似的，幾乎都沒人使用。」

一時無法想像自己最愛的故鄉，真的會變成校長最後給我回信的樣子。

小蜜和我一邊往買車票的櫃檯前進，一邊告訴我她發育後就一直存在的兩個夢境的事。

「第一次是我高三快畢業的時候，每天都夢見外公的柳營車站和周邊的牧場變成遊樂場。」

她拿了劃好座位的票，告訴我說這種夢一開始，讓她覺得興奮，因為連續幾天，她都盡興的享用了各種免費的遊樂設施，從雲霄飛車玩到三次元空間的鬼屋，不但免費，還不必排隊。

（不要說是她會興奮，換成我也一樣啊。）

「不過，後來就變成我要命的夢魘了。」我們上了號稱台島新幹線的高速鐵路，果然不同於已經年邁的縱貫線，優雅且捷勁的模樣，應該很討人歡喜。

「小時候，外公帶我們兩個小朋友，從東京坐到京都的回憶，還記得嗎？每次回來，我就靠著這個列車找到一點點堅信，關於我們之間。」

紮著領結繫著米色圍裙的勤務員推了餐車過來。

「留下胃的空間，下車再吃家鄉小吃吧，希望以後再也不用吃微波爐做的食物。」

我看著經過的推車，認真的回憶。「其實，那次旅行，我只記得三個小時裡，吃了N次的便當，真可怕，豪華的冰冷日本便當。」

「那樣的便當，沒有我那遊樂園夢境的可怕，它幾乎是持續的出現，即使不是每天，至少也是每個禮拜。」窗外出現碧綠的稻田，透亮的一波波湧現，完整的少年風景。

「那時，我自己猜想，一定是上大學選志願的壓力。你知道的，我們全家都是老師，不僅僅是那愛我們超過一切的外公，可能你無法想像的，我那國中就打了鼻環耳洞的表姊，居然也變身成補教界的名師。」

「或許是因為我跟爸媽清楚的遞送了『我決定不從事教育工作』的說明，於是那遊樂場之夢，終究開始起了變化……」窗外的稻浪繼續柔軟翻滾著。

「……開始出現坐雲霄飛車的我，支撐鋼柱斷裂，然後有驚無險的掉在稻田裡；或是，在3D鬼屋的探險漫步，牧場的乳牛們失控的穿牆闖入；總之，夢開始變質，即使上了大學，媽媽他們也沒什麼異議，夢，還是持續著。」

她像在飛機上一樣的趴在我身上，有點緊張的緊抱著我。餐車再度經過，我買了運動飲料，插了吸管，先喝了一口，再放到她的嘴裡。

「好了，感謝上帝。大二暑假的某個夜晚，可能在學校抄筆記過度勞累，居然在教室睡著了。好了，我的甜美夢境開始和那遊樂園噩夢抗衡了。親愛的，你在我大學無人的教室出現了，雖然總是流著汗，總是在被怪異的事物追逐，但，總會被你牽著手，進到一個安全卻陌生的小公寓裡面。」

她倒吸了一口氣，把運動飲料全部喝光。

「你可能不會相信，那個你才住了兩年的公寓，我從大學二年級就開始進出了，在夢裡。但奇怪的是，我都看不到你的正面，牽著我的人一直是你小學六年級的背影。」

原來如此，她對杭州三十八巷小公寓室內的熟悉，是伴隨多年虛擬成的「妄想現實」，我猜，榮格某本研究著作所講的，應該就是小蜜腦內的那種黑洞般的記憶體。

反過來，其實我也一樣，但我的夢境不是她，而是她的外公，我的所有知識與興趣的啟蒙者。

（如果，沒有湯老町校長的我的人生，應該會是完全沒有味道、色彩，甚至，空洞到連生存的基本觸覺都沒有。）

在外島服兵役時，經常性的夢見他，跟小蜜夢到我的情況幾乎一樣。他還是小時候的健朗紳士模樣，梳理整齊的白髮，高大的身形。夢做了一段時間後，我試著寫信給他，但可能是他退休了，沒有任何回應。於是，寫到小學的信像某種自我療癒的自白，即使沒有任何回應，還是習慣了這種無回應的「理所當然」，真的就變成了自我洗滌的工具了。

令人吃驚的事，在我要退伍的一個禮拜天發生了。

郵務士送來校長將近五頁的回信。

他說他退休了，但是也病了；信的最後，他說對那些圍繞在身邊的政客感到不耐煩，「身心俱疲」，他用了這句成語。

那時候，我把注意力集中在他要我去橫濱拜訪一位日治時期的臺灣史學者，這位S先生是亞洲古典double bass最重要的教授之一。

然而，很不幸的。見到這位長者的時候，他胰臟的惡性腫瘤已經跨進身體大部分的細胞了，我沒能學到古典double bass的技巧，但，靠著他彌留前一年的口述，完成了這種難以形容的專業代工，祕密的影子作者開市第一彈。期間遇見的困難，全都靠湯校長的回信協助。他不只幫我找出資料，還傳授編寫方式。到他過世前，幾乎每一本，或多或少，都是依賴他的意見完成。

「你，真的，清楚你的任務嗎？這位久違的學長。」

高速鐵路經過了可以遠眺的木造小車站，雖然，一晃就又消失在綠風景裡了。

「當然。我打算從老先生的第一本翻譯作品——《寂靜的春天》（*Silent Spring*）當開場，表面上是告訴大家這位讓歷代政府頭痛的環保異議學者的歷程起點。其實，私底下的理由，卻是非常幼稚但激動的。」

「哈。我完全理解，因為這是我們開始上外公英文家教的第一本課本嘛！」

沒有出站，很方便的換了縱貫線的接駁快車，直達南都火車站。

「快車」，事實上速度緩慢的不得了。但，應該會讓大部分返鄉的人們有驚喜感，車廂內裝幾乎沒變，如果說有什麼誘發鄉愁的物件，那我覺得現在看到的都算是。

橄欖綠的充皮椅墊，嵌在車頂喀吱～喀吱懸掛緩轉的鑄鐵風扇，穿著制服清爽的小學生和樸實臉孔的通勤成年男女。還有讓目光安定的稻浪混合了各種果樹林的養神綠背景掛在窗外。

「真好。」我忍不住的發出了驚嘆。

「其實，辦公室把關於你的情報完全匯齊交給我的同時，我也辭職了。看完了資料，整理好外公的書房，我有了清楚的決定。跟你現在看到的一樣，百分之一百相信這個選擇。」她穿透般地注視著我的眼睛，我也一樣。

南都車站也一樣，有力的百年巴洛克建築沉穩依然，沒有維修的金援，或許也是件好事，古老時代優秀的氣質被存續了，就像人也會老，有好看自然的老人，也有整形美容卻無濟於事的怪異老人。

出了車站，小時候那個站立著不知名古裝雕像的圓環依舊杵在意料之內的十字路口中間，只是不曉得是我們長大了，還是它被修改過了，看起來，小到沒辦法用「圓環」這種形容詞來稱呼。

「外公特別留言，交代請一定要用你本人名義出版。『不管你從S先生到Rebecca Pan阿姨，語氣和結構，編寫得多麼像當事人。』這一本你都務必把別人的面具摘下，變回作者本人，換句話說，你將要撰寫出第一本處女作。另外，不管你願不願意，本人會擔任你的資料編輯。」

苦笑的我，上了豔紅的老式三菱的右邊助手席的座位。

音響播出了不確定一九三幾年平克勞斯貝的經典口哨聲，然後，我們繼續深深互看了一下，只差沒有擊掌或握拳，因為比賽終究開始了。

喜鵲開始在屋外的花園發出雖不悅耳卻爽朗的歌聲時，她已經在廚房泡咖啡了。

我把昨晚的資料依照書寫的順序，由近到遠排在校長長期工作的書桌上。這書桌確實還真巨大，從歷史、政治、民俗、地理、科普加上家族提供的資料，層層疊疊，都還排不滿。

書桌旁邊有一整排會散發香氣的檜木書架。沿著牆壁占滿，然後向沒有隔間的客廳孳生漫延，我概略的從層板抽樣的取出來看，幾乎全是戰前的舊書，保養得很好。

座椅的背後置放了一面可能是同時訂做的唱片櫃，旁邊陳列了兩臺唱機和當年我熟悉的音響組合；喇叭則是舊型的ＪＢＬ，我注意到喇叭木箱上架了一臺早期影片放映機，用原廠的玻璃罩蓋著，比較奇特的事，玻璃罩有鎖，我移動了一下，確實鎖著。

「累了嗎？」她問。喜鵲幾乎同步的又誠懇的唱了一小段。

「有點。但是，我有新發現。」我問她有沒有打開放映機玻璃罩的鎖匙。

「真怪，居然都沒人發現這個東西，這麼明顯。」我要小蜜把校長給我的遺書資料袋找來。

「一定都在裡面，我確信。因為把所有資料清理完之後，我完全的放心啦……校長其實已經把整本書都編好了，甚至那一疊卷宗都明示了書稿的篇章結構。」

我們屏息卻又興奮的在唱片櫃旁，把資料袋倒出來，小小的銅製 mini key 包在半透明的油紙信封內，信封外貼了泛黃的標籤。上面的鋼筆字堅硬的快把紙頁面穿透了。

《69號線的離開／Departing of Line 69》

「你要問什麼意思吧？很簡單，爺爺幫我們或他自己取好了書名。」

好像又多了一隻喜鵲，開始了雙重奏。天空有幾朵潔白的雲很慢的飄移，善意的微風配合著雲朵徐徐的吹進室內。

微光略暗的書房裡，我們打開電影膠片史上壽命最短的九．五厘米放映機。共五卷影片。每卷十分鐘，保存良好，連一小點黴斑都不存在。

影片從日本統治時期，首任的南都廳長山形先生當開場，他短暫的在陳列各式本島珍稀動植物的博物館現身，（無聲電影的字幕出現——「全島最早的博物館」）沒多久，鏡頭即轉接到他乘坐軍用吉普車行駛在嘉南平原

（字幕顯示）。

軍隊和坦克車輾過稻田以吉普車為中心的列成棋盤隊形。（廣角鳥瞰鏡頭）特寫了日文拼音的「柳營駅」，果然是當時建好後就再也沒改變的長相，只是銀幕裡只有一座遮雨棚式的和風月臺，跟我們現在的中島式月臺有明顯差異。

「昨晚看了《昭和島內地方志》，改建了一次，那時校長京都帝大剛畢業，又繼承了附近的所有耕地及甘蔗園，於是遠赴東京找了幫山手線施工的營造團隊，整修擴大了地上物。但是，三年後車站便封閉私人產權，迫使當時的鐵道破天荒的改道。雖然沒有官方檔案，但許多地方報都是頭條。」

我邊看影片，邊噤聲的向用ＤＶ側錄畫面的小蜜說明。

第二卷影片嘎~嘎的轉完，瞬間剎那，兩個人都嚇了一跳，緊張的無法發聲。

「爺爺為了這件無預警的『閉站事件』，被拘留了幾次，長的有一個月左右，短的兩、三天。他的筆記還明載了監禁進出時間，細到幾點幾分都寫了，可見他多在意。」我邊講邊把第三卷影片上到機器，她微微顫抖的抱著我，不知道是難過，還是害怕。

片子依然環繞了當時的陽春「柳營駅」周邊十幾秒左右。

然後有點滑稽的拍了毫不相干的中國太極圖中的「陰陽魚」（字幕：科學太極八卦圖中，陰儀為基本低能位、陽儀為基本高能位，陰陽魚描繪了能量平衡創生萬事萬物的總法則）。她窩在我懷裡，看了噗噗的笑了起來。

接著淡出進入了淡入的關鍵數字：69。一塊搞不清楚的金屬上面，刻著長相和陰陽太極魚圖完全吻合的「69駅」。

鏡頭由站牌向旁邊攀移，天啊，是個巨型的涵洞入口。（字幕：大東亞共榮圈海底鐵道首發紀念）緊接著是潛水攝影的火車進入畫面，跳接了幾個日本舊式軍人歡呼的特寫。

（字幕：往中國杭州出口行進中）

我們幾乎暫停了呼吸。

第四卷影片幾乎沒有字幕，拍了連結的密閉車廂上運送的金屬物品。（字幕：鈦／Ti）。

最後一節是長的像冰庫的不明物體。（字幕：汞／Hg）

「我知道外公反對的原因了。」

換句話說，這條地底火車，是因為發現了這兩種戰爭重要的金屬，在我們的故鄉。但是，一旦開採，不但農作要停止，可以肯定的，空氣、水源也都跟著敗壞汙染到休耕才會罷休。

最後一卷，果然讓我們訝異到無法確定到底是噩夢還是巧合。

火車橫切過一望無際的大湖，湖面全結成冰的平面，就像人造溜冰競賽場一樣的平滑冷冽，然後冒著蒸氣吐出呼呼的濃煙，穿過滿滿積雪的柳樹群，停在石磚砌造的密集高頂倉庫連結區，影片在還沒來得及製作站牌的路旁停靠下來。

粗黑的老宋體字標著：柳營路。（字幕：杭州終站）

我們在已經與夜色同暗的車裡，三菱RVR的CD player放出穩定的低音bass。

Ray Brown安定像傳道人帶領禱告似的jazz cello，嘣砰~砰嘣的陪我們看著在同一個地點，歷經滄海桑田，幾個政權，卻毫髮無傷的小小火車站。

「我想讓火車通過。」一模一樣的繼續靠著我，很有決心的這樣說。

「可是收入一半以上要給這裡的小學生，像以前幸福的我們那種小學生。說不定，我們的小孩長大也會享受到。」

不知不覺的，滿天都佈滿了星星，她按下休旅車的天窗，有許多泛白的細長流星掉落，一直掉落著。

эквивалентной концен-
анионов C_a в двой-
от расстояния x от
электрода или:
двойного слоя.

эквивалентной концен-
анионов C_a в двой-
ом строении его:
... начало размытой
... конец размытой части
слоя.

размытой части;
особенно от кон-
в то время как
а и $\mu = \delta_0$, где
части двойного

лщину двойного
а электростати-
а и отталкивает

ЕКТРОЛИТОВ

ые свойства при-
веществ их обра-
ние насыщенного
, чем над чистым
я раствор имеет
ритель замерзает
чистый раствори-
объеме раствора,
ва, причем диф-
льшей в область
ом направлении
таточно большой
выравнивается.
(или два рас-
соприкоснове-
одится переход
ению концентра-
подходящее
обусловли-

теории кислот и
растворам ска-
H⁺, а носите-
$=C_{OH^-}$, почему
альное (не кис-
рах $C_{H^+} > C_{OH^-}$,
ошения концен-
творах должно
ктеристики кис-

следовательно,

или

Уравнению
Крутое наклоне
сдвинуто тем,
шается с рост
(восстановите

Однако при
$Fe(OH)_3$ при
уравнению (VII

Это уравнени
фициентом
вию с линией
ность описани
уменьшается
В качестве
весей неметалло
ную систему, обр
только две из во

напишем выраже

Легко видеть
низшей мере, то
не зависят от pH

Наконец, можн
опыте, что осмот
и температурой ра

или

где π — осмотичес
V — объем рас
Очевидно, что
раженную числом
объема. Выражени
веществу можно
газа.
Необходимо под
мости справедливы
Для таких раствор
пример, определят
[уравнения (I,4)].
Физическая при
висимости, описанн
названием «газовая
главным образом т
ложения, что част
взаимодействуют др
только по законам
частицы идеального
нимается во внима
в которой распред
В случае идеально
стицы, является ва
рителю также прин
не влияющей на рас
Такое представл
леко от реальности
сильно упрощенную
ствие этого упроще
стые количественные
ливы только для
перейти к рассмотр
то необходимо прин
растворенного веще
с растворителем. Осо

Рис. Двойной электрический слой, образованный катионами, при наличии специфической адсорбции их (а) и схема изменения потенциала при изменении расстояния от электрода (б).

Допустим, далее, что катионы раствора способны адсорбироваться поверхностью электрода не только вследствие электростатического взаимодействия разноименных зарядов, но и вследствие наличия особых, специфических сил не электростатического характера. В таком случае в непосредственной близости к электроду будет находиться какое-то число катионов, положительный заряд которых численно превышает отрицательный заряд электрода. Часть катионов двойного слоя выходит в раствор с поверхности электрода, часть оказывается притянутой адсорбционными силами из раствора. Избыточные катионы, адсорбированные электродом, будут притягивать, в свою очередь, анионы из раствора, так что на некотором расстоянии от электрода двойной слой кончится и раствор станет электронейтральным ($C_a = C_k$).

機場快速轉入北79號鄉道後，熟悉的霧如預期降臨了。

一開始是乾冰模式，徐徐由雜木林間緩緩噴在路面，車子與行人都恍恍惚惚的只剩下色塊，即使是午後的晴日，小徑的溫黃街燈已經亮起。完全看不到快速道路後，霧，也把童頻他們所坐的九人巴士完全包覆了。

司機反射動作般的開了車頭路面探照燈，路面泛起橘色的微光，像看不到前方的不明飛行物，安靜的漂浮行進。

他跟後座的他們說，他是樹林口本地的土人，接送這條路的公里數，恐怕可以繞行地球幾十圈了。

優梨提醒用髮蠟梳理成西裝油頭的司機注意目的地，千萬別開過頭，她雖然面帶微笑，但語氣嚴肅。

只不過，司機仍繼續他的笑話：「你們一定覺得害怕吧？可不是恐怖片的場景嗎？真的就是喔！我記得前不久是不是有部叫《霧》的電影，喔……喔……那白茫茫的風景裡頭，好像隨時都會有怪物跑出來嚇人似的，不過我用生命跟你們保證，我們這美麗的霧都，是不會那樣的啦，尤其是像你們這種初次光臨的情侶，反而覺得特別刺激，說不定還是你們刻意選的另類浪漫情調，也說不定。」

「是不是被我說中了，呵，呵。」他有點過度興奮的驚險把視線離開路面的看著她。

優梨依然保持笑意，把幾乎齊耳的直髮撥到一邊，稍貼近對著左邊專注聽著美軍電台的童頻說：「He is long winded……」講得很小聲，小到只有他倆才聽得見。

他說現在的音樂好適合這種霧中風景。

「〈Riverside〉，丹麥女生Agnes Obel自彈自唱。也是自己寫自己編的。」

他似乎沒聽到她嫌棄司機囉嗦的耳語。

「嗯，好寒冷的空靈嗓音，真特別。北歐音樂嗎？」

她也把注意力專注在ＦＭ放出的喇叭上了。

童頻看著車窗外白到極點的失焦視野，仔細的想著，自己真的會和這個地區有什麼關連嗎？

她左手腕輕輕的碰了他的右臂，有點凝重的問他是不是身體不舒服？

他像剛從夢中驚醒似的，睜大那細長的單眼皮眼睛，答非所問的說了，在二〇一一年看了Agnes Obel上海世界博覽會丹麥「美人魚館」的Live。

「當時真想去北歐，現在這種氣氛居然又想去了，你去過嗎?律師。」

優梨有點尷尬又不知所措的告訴他因為公事去過芬蘭。

「只不過，對我們來說，芬蘭好像是日本的歐洲一樣的地區，我很多同學的畢業旅行，早就去過，有部叫《海鷗食堂》的電影講的就是這種事。四個鐘頭不到，就飛到赫爾辛基了，比去北海道的奧山還要方便。你應該不知道奧山這地方吧?」

「我小學在那裡畢業的，畢業那年北海道『新千歲機場』剛好完工，媽媽帶著我，母女倆興奮的坐了日本最北也是最東邊的航線，飛到了東京和我爸一家團聚。呵，現在倒好了，也有高速鐵路直達我那聽起來很酷的千歲國小了，只不過要坐一天，居然比芬蘭還遠。」

「其實可以直接叫我名字。雖然還不是很熟，但我不喜歡你那樣叫我。」

她嘟起嘴巴，眨眨睫毛，看著不知所措的他。

霧，逐漸演變，變成大塊棉絮的浮動形式。

可以看到某些淡彩的風景了，主要是間歇出現的樹林綠意。

幾乎像是被片場工作人員配製過的分鏡場面，霧突然全部離開並且陽光顯現了，兩個人不約而同的看了手錶，四點五十五分。

光亮裡的細長鄉道非常漂亮，霧景直接被快速更換且細心擺置過。現在是完整的綠風景；深淺交錯在路旁的深邃的樹叢，被穿透的日光照映成翡翠色澤的布景，連路上錯落的大小石塊，都爬滿清翠的苔蘚。

優梨早就把車窗搖下，用手機一路拍，一路驚叫。

「到了！268號，應該沒錯。」司機刻意精神抖擻提醒這兩個不在想像範圍裡的客戶。

「看！Google Map上面的衛星照片，真的一模一樣！好典雅又好可憐的廢棄茶園旁的獨棟老屋。」她要他站在這七〇年代臺灣常見的三層樓的無人樓厝前，然後，指使童頻在貼了迷你馬賽克磁磚的圓柱門口，用手機拍了幾張照片後，接著又把手機交給司機。

「大哥，麻煩幫我們拍幾張照好嗎？對好焦距後，按下這個圓圈符號就

OK，謝謝你。」

「你們要親熱一點啊，不要害羞，把我當空氣就好了！本人可是拍情侶的職業空氣噢。」

童頻打算仔細的看看房子裡面，因為這外觀還真是滿棒的，而且，再沒多久，他人都要搬進來長住了，也想確認水管電路是不是都還能使用。

遠足少女似的優梨一邊低頭看著自己手機裡的照片，一邊貼近到他身旁。

「明天你有的是時間可以慢慢欣賞你的新居，再耽擱的話，天也要黑了，怎麼說也該同情一下你唯一的旅伴。現在、此刻，我只想趕快回到飯店，把這煩人的高跟鞋脫下來，泡個幸福的熱水澡。」

她完全不讓他有回答的機會。

「大哥，麻煩你回到早上去接我的 outlet hotel。來得及吃晚餐吧！」

小 bus 發動不久，宛如與車內鋼琴聲同步的濃霧又再度聚集，悄悄的把車和小徑風景完全的包覆起來，在夜色初臨的時刻。

童頻一直凝視著車外，好像陷入某種無法鎮定的迷惘表情。

倒是換成她仔細的聽著電台，「這一整段節目好像全都是這女生的專輯嘛，還有你剛剛講的她在上海的訪談，真的是高手，不只會寫會唱，樂器也都自己演奏。剛上車時，我還以為是某個我不知道的古典鋼琴高手，彈著某首無名的浪漫小調呢？」

「是，用了很多『泛音』。很奇特的技巧，明明是用小調的民謠爵士，卻用困難的古典鋼琴來詮釋。」

「哎呦～就是『泛音』啦！真慚愧，從小學彈鋼琴彈到大學，竟忘了這左手抵著低音鍵、右手彈同一音符的高音技巧怎麼說了。」

車子看樣子已進入樹林口新市區的主街了。

就跟大多數島上小鎮一樣，這片以世界各名牌過季商品為號召的區塊，也有一條主街道，縱貫穿過兩排嶄新的商用大廈，濃霧瀰漫，不小心以為到了特效進行中的拍片影城。

過了入口用霓虹燈管圈起「outlet street」的醒目大字看板之後，意外的這裡並沒有像其他地方一樣俗氣且粗糙的店面招牌，反而都是簡單造形、清爽的門面。

即使被霧氣掩蓋，也沒有煩躁的暴發戶味道。

「到了。明天你們可以好好逛逛這才開張不到一年的名牌商店街，這可是島上第一座噢！我們樹林口的驕傲，好好休息吧。明天，我會跟前兩天接小姐的同一時間來接你們，如果行程有改變或別的問題，可以打給我，反正我就住這附近。明天見！」

車子一下子就消失在白霧裡頭，連引擎聲音都徹底消音了。

「你覺不覺得像直接被隱形了。我說接送的車子。即使已經來三天了，我還是每次下了車都留下怪異的迷惑感。」

他邊點頭，邊跟著優梨走進旅館，穿過比室外有現實感的大廳，來到櫃檯，她熟練的簽了名字，把另一張房間鑰匙交給他。

「你房間就在我隔壁，等等先休息一會。如果要一塊吃飯，就打內線電話給我，這號稱此地最新的outlet hotel，有四間餐廳，臺菜最糟，很油；港式飲茶還可以，只是客人太少晚上就不開張，像昨天就沒有，還有間美式牛排館，聽說有德國8.4度的限量版啤酒，我還沒試過，因我想有男生一起的話，吃這種大食量的菜才有意思。喔，差點漏了講我最喜愛在三十八層頂樓的義大利輕食館，叫『Sky Land』，坐窗邊往外看，簡直是在仙境，比起我小時候畢業旅行到富士山登頂還要high，這幾天睡前都先到這喝點紅酒，才回房昏迷躺平；他們有我很喜愛的智利葡萄酒，還有這裡很難吃到的『香餡蕃茄盅』，說是用此地名貴的紅土牛蕃茄。好了，報告完畢，快上樓各自回房間吧。噢、真……的……好累……咧！」

出電梯掛著一幅代表此地的「採茶婦人像」油畫牆面旁的第一個左邊通道，就到了他們的房間。如果不記住這些認路細節，的確會找不到。出電梯後，童頻看了大約300 F油畫和幾乎看不到盡頭的主走道樓面後，不自覺發出了「的確壯觀」的自言自語。

他們分別是3737和3739。

優梨進了3739後，三秒後又開門急敲3737。

「怎麼了？」童頻室內燈都沒打開，緊張到幾乎是衝出來的看著表情尷尬的她。「你開燈了沒？有沒看到……」

「怎麼了……」他盡量鎮定的問她。

「別擔心，不會有事的。」只差沒伸出手把她擁在臂彎而已。

「抱歉啦，我給錯鑰匙了。你，看到我房裡亂丟的貼身物了嗎……？」

她臉都漲紅了，像塗了過度腮紅的京劇娃娃。

接著低頭不語的把 key card 跟他交換。什麼都沒講就把門闔起來，留下還搞不清楚怎麼回事的童頻愣在門外。

「好吧！待會妳洗好澡叫我，一起吃飯。先這樣吧！」他只好對著3737的門獨白。

房間是簡約的商務設施，完全沒有多餘的物件。

連燈都只有天花板的日光燈和床邊的一盞小夜燈。唯一一扇窗戶可以看到街上outlet的店，從上往下看，視覺效果很不真實，霧像雲一樣飄渺在街的上方，商店內放映出來的燈光，鳥瞰的街景有著異常的透視角度，入口的霓虹大看板忽明忽暗的閃爍著。

童頻看著街景，再度陷入白天的心事裡。

其實，一整個下午，他的恍神都是為了同樣的心事。

關於優梨工作的這個律師事務所的報告。

（這份關於他要繼承下午看到的老洋房及約莫一公頃的廢耕茶園的資料，記載了他在樹林口的成長時間，大約有十年，備註上寫著小學四年級戶籍遷出。）

但是，這跟自己的記憶完全無法吻合。

雖然，有關於這個臺地鄉鎮特有的風景記憶，比如：關於霧風景，他很清晰，在每年晚春時節，是最明顯的。

但是關於成長的，特別是小學的部分，他完全沒有記憶。

當然，資料附上小學入學的學生照，應該是從樹林口小學的教務檔案翻拍的。樹林口國小一直都存在，他先前查過資料，現在已成為此地學生數量最多的公立小學了。

他一年級時，每個年級居然都只有一班，當時，應該只有茶農及磚窯工人會長住這裡，因此居民不多。

現在此地幾乎都是新移民，而且都是中產階級。

那近一公頃的茶園據說是此地最後的一片茶園，因為產權持有者過於模糊的因素，一直沒被建商看上。另外，沒有公共運輸系統的計畫，也可能又是另一種因素。

總之，白天的時候，看過去的那一片，其實感覺還滿荒涼的。

對童頻來說，應該算是（非常不可思議的）意外。

三個月前，他已經工作五年的日商上海貿易公司無預警倒閉，被迫再度回到臺北。

就在銀行存款快要用光的上個禮拜，某一天，一位自稱Lady Jr.的法律事務所代表，就是這位優梨小姐打電話及mail文件給童頻，告知他有一筆遺產，需要簽署繼承的種種文件。

聽起來像詐騙集團的把戲。

雙方在首都法院公證之後沒多久，樹林口鄉公所就要他們明天一起來會勘，因這塊廢棄茶園的一個角落，在九七年曾發現一個約莫半公頃的史前遺跡，辦完繼承後，鄉公所代表國家將童頻的茶園以市值購買。（非常安全有效率的交易。）

雖然這件事，感覺有點荒謬，甚至詭異。但，因為他幾乎沒有固定收入，並且現金幾乎等於零的情況之下，好像也不得不全力投入這件莫名的不可能任務。

就這樣，明天和鄉公所的合約簽了以後，感覺後半生全部不用煩惱了。而且，那房子因為沒有轉讓權，剛好讓他沒固定住處的問題得以解決。

往這樣的方向想，心情似乎好了很多。

然後他把電視打開，歐洲足球盃。他沖完澡後，荷蘭隊以一分險勝英國曼城隊。播出荷蘭隊慶功訪談時，優梨內線問他準備好了沒，「Miss Ha-yashi今晚請客，強烈建議加快腳步！」

他一邊想，其實有這樣的業務出差同伴也不錯，至少是個風趣的女生。

（另外，掌握工作進度的準確性也讓人吃驚。）

回頭想想，自己其實並不是嚴肅的人。

因此，的確應該完全忘記原本疑惑的「猜疑」狀態。

即使，的確介意著是不是有什麼違背道德的事情在背後。

只不過，好像也沒有別的選擇。

優梨在「採茶婦人」前面，認真的仔細端詳。

「洗完澡後，我覺得好像沒那麼餓了。你呢？」

他們一邊講，一邊上了電梯。童頻按了頂樓38＋1的那個按鈕。「真體貼，怎麼知道我也想到頂樓吃。」

「Sky Land」今晚只有他們兩個，因此被安排在視野最佳的窗邊位置。

「我們要我昨天喝的智利黃金鬥牛一〇年份的紅葡萄和藍餡蕃茄盅。」

「然後一份蘑菇燉飯。」童頻繼續看著menu。

「麻煩先這些，謝謝。」他離開menu的視線，欽佩的看著她，真有效率，連吃飯都有比較愉快的步驟。

換下套裝的優梨，節奏看起來比較和緩。不像下午，可以強烈感受到她正追著工作進度。

「在雲霧裡喝紅酒，感覺真的好棒。」她對著他舉杯。

童頻也把寬口紅酒杯拿起來，穿過她的髮際望向窗外漫無邊際的霧海。

「要謝謝你，讓我接到這個我們事務所兩年來獲利最高的 case。」

「等明天與鄉公所會勘結束後，才算是結案了吧?!」

「你不會是想把茶園復耕，不想賣給國家了吧？」

「我看起來適合嗎？我是說務農這件事……」

她請服務生再開另一瓶智利紅酒。

「你想換嗎？我覺得我們繼續喝這一瓶。因為我看過酒單，其他的都好貴，而且，萬一不好喝，那就更慘。」

「沒關係，請客的一方決定就好了。而且這瓶確實好喝。」

「你們男生好像都不喝葡萄酒的？」

「嗯。平常如果有單一裸麥的威士忌，我應該就不喝紅白酒類。但我並不喝啤酒，這又和某些男生不同了。」

「不會喔，大部分能喝酒的女生都很愛啤酒，剛跟你說的美式餐廳賣的那種『Breda』8.5%就很吸引我，只是因為最近忙我們這件事，都沒運動，因此不太敢喝啤酒，脂肪怎麼講都是累贅，是吧。」她終於在下班後變回她的少女原形了。

他們倒完第二瓶紅酒的同時，蕃茄和燉飯也同時消失了。

她開了第三瓶。她後悔吃了半份的燉飯。說熱量太高，她減重計畫感覺要破功了。換了便服的她，感覺親切很多，真的。

「一整天我們相處下來，反倒變成我好奇你的工作了？雖然說，我們盡量不了解客戶的原始資料太多。」

「怎麼說？不是剛好相反嗎？難道不是把我調查得一清二楚後，才聯絡進行業務的嗎？」

「你完全誤會了，你說的應該是徵信社吧～」

「我們的業務內容，根本沒有了解你們的任何必要性。況且一切應該以調查報告為準，你看了我們對你的調查，應該是沒有漏洞的吧！像你說的，我們委託了分工精細的專業徵信機構來調查像你這樣有仲介價值的人事地物。」

童頻點頭苦笑請她繼續。

「趁著要結案了，趕快跟這位尊榮客戶解釋我們的業務範圍。喂，還清醒吧？看你一整天心事重重的樣子，跟你詳細說明一下。童老闆，要聽嗎？」

「好啊！等你說完，再談我的工作。」

「剛剛在走廊等你的時候，突然神經兮兮的想，你會不會是音樂老師？雖然資料顯然沒有這樣表示。好吧，我先開始。」

她把A4大小的餐紙墊反過來，從MUJI的靛青丹寧環保袋裡拿出老式西華自動鉛筆，銀製品，粗口徑0.8mm的筆心。在白紙的中間，畫了幾個圈圈，圈圈裡有臺北、大阪、上海、那霸四個城市。

「我們獲利的標地物，是全球幾個我們（股東）『熟悉的城市』的房地產。這四個城市是我負責的區域，那霸是我的新領地標，你可以看得出來，這些都市跟你也都關係匪淺。」

「既然，我們的營運都是經由政府購買，取得傭金而獲取利潤。因此，法律事務當然是唯一的營業項目。於是我們的營業員最少都要兩個城市以上的律師執照。我雖然看起來不怎麼聰明，但本人有三個城市的。」

童頻不訝異，因為，當時，他多年沒見、遠在琉球的表哥到上海看世博會，還特地來找他，說有人去那霸圖書館影印一整本童頻首里華僑小學的畢業紀念冊。後來某次無意的和沖繩政府的人喝酒應酬時，竟然又聽到有人得到政府的協助，在尋找一個臺灣僑民，因為小時候跟自己最好的表弟也是姓童。表哥看完世界博覽會後，一再提醒他要小心：「因為這種連地方政府都牽扯在內的隱密動作，著實讓人不安。」

「感覺上你們有不可思議的龐大組織在上面，才有可能成為從事政府買單的房地產仲介吧。」

「雖然可能誤解了你們，關於『你們』這一行。對我們一般來說，真的是太陌生了。」

「不過誤解歸誤解。剛剛你倒說中了某件事。確實是要有很強大的實力，才能做各種政府的房地產仲介，像我們事務所現金調度流量這麼大的，在亞東區域，應該還沒有，當然，你可以說，『B&M』也是；只不過，他們營運範圍是國際貿易，雖然都雇用律師為營業代表，但不屬於同業。」

她小心啜了新開的第三瓶的第一口。

「這樣你應該懂了吧？『B&M』賺的是工資；我們賺的是傭金。」

「這酒雖然還沒醒，也還滿討人喜歡的。」她從他對面，換坐到他旁邊，幫他倒了幾乎八分滿的酒在寬口杯裡。

有點奇幻的，厚實的保全玻璃外的霧夜景色，開始被聽不到雷聲的閃電，探照燈模式不間斷的閃爍著。

「哇，春雷！」幾乎同步的發出驚叫的優梨和童頻似乎都滿能喝酒，感覺在兩點這裡打烊前，他們還不能盡興。

這兩個人，自然的肩靠著肩卻不自覺。

在外人看起來，他們非但不像一對準戀人，反倒像一起喝太多的出差同事，共同抱怨著工作。

簡單的說，沒聊什麼私事是主要因素。

「雖然，我是日本人，但我可真怕聽日本女生唱 bossa nova，像今天放了一整晚的 bossa queen Yoko，真是恐怖極了，有沒有這種感覺？」

她喝了一大口（約半杯）的智利黃金鬥牛十年後，繼續批評現場的 BGM。

「好吧，或許這個偏見源自於我本來就不喜歡bossa-no～va吧。」

「好厲害，會學南美西語口音。」

「我還想再喝，卻不喜歡這音樂，怎麼辦？」

童頻看了下錶，只剩十五分就要打烊了。

「太晚了，請他們換音樂也只能聽個十分鐘。這樣好了，等等請他們room service剛那隻葡萄酒到我的房間號碼，繼續聊啊。剛在房裡，看到他們床頭音響可以收聽BBC的古典樂電台和美軍電台，今天是禮拜天，應該是沒人主持的all jazz time。」

「爵士樂真是美妙的飲酒良伴。希望今晚別放太多bossa。」

bossa queen Yoko的歌聲在重唱〈The Girl From Ipanema〉到第一次副歌後

被關掉。然後唯一留下來的服務生，邊打哈欠的走到他們的位子旁邊。

「麻煩等會送三瓶同樣的到3739，帳單開3737，連剛我們吃的一起買。記得借我們紅白酒開瓶器。」

凌晨之前的旅館安靜到只能（有）聽見他們四隻夾腳拖的走路聲。

「想不到北海道的小孩也有穿夾腳拖鞋的惡習，我以為只有我們琉球的南方小鬼才有。」

「你搞錯了，我穿的是女用現代版的厚底屐啦。下次，如果還會見面的話，我穿和服配這塑膠屐讓你見識一下。」

童頻還沒把門卡插進電開關前，優梨已經攤靠在唯一一張床上，亮燈後，她問他要BBC古典，還是美軍爵士夜？

「jazz好啦～要不要賭會出現bossa的比例？我賭會有一半……換你押……」

「既然你這麼果決，那我只好轉到BBC了。誰要聽bossa……！」

Room service的餐車到門口了。

從房門魚眼鏡看去，好像還有一些可口的nuts，如腰果、芥末青豆之類的下酒菜。

除了同樣的三隻紅酒之外，還有鹽焗腰果、水滷花生、冰鎮小黃瓜。

闔上門後，她已經熟練的開了今天的第四瓶了。

「第一次碰到可以和我喝一樣多葡萄酒的男生。」

說話的時候，她把送進來的小菜次序井然的排在床右側的邊櫃上。

兩個人用一種小孩特有的姿態，完全放鬆的併靠在床頭，腳（不知不覺的）舒展成她的左腳疊在他的右腳上。

她把兩顆淡海藍色的枕頭重新調成讓兩個人可以更舒服倚靠的形狀和位置。童頻伸出手，穿過她細肩帶的手染白棉T-shirt，然後柔軟的把她抱近自己。她用一種放心的眼神（柔軟的）看著他相似情緒的眼神。

「我說完了。我的工作。」

她伸手握了他的左手，然後用食指在手掌上輕輕的劃著或許只有兩個人才知道的小圈圈。

「我想了解你的事。」

「比如？」

被她小肩膀緊壓的他的右手撫摸著微微小捲的直髮，像在辨識曾經熟悉過的什麼心愛小物。

「現在我的好奇心已經擴大到想全部都知道。怎麼辦？」

「這並不難；因為很單調，講快點的話，可能五分鐘以內就可以從我小學講到現在。得有心理準備，否則可能會無聊到睡著。」

「那不是剛好，我們本來就要一塊睡覺的嘛～」

她餵了他一口小黃瓜，拿起分不清誰的紅酒杯，先端給他，然後給自己。

「你有lover嗎？」她繼續在他左手掌畫圈圈。

「也可以不要說呦，如果不想講這類事情。但我可以先跟你說，我單身剛好滿一年。要不然，你講你念書和工作好了。」

他撫弄著她唇上幾乎看不見的透明汗毛，皮膚是可以看到粉紅血管的那種白，特別是臉頰的部分。

「不會啊……你都先說了，我還客氣什麼？」

「一直沒有固定伴侶的自己，倒不是一般人想的那種。怎麼說呢？反正我沒有過相互承諾的情人。」

「哈。講這種事的時候，你看起來好害羞。我知道你講什麼。有性經驗，卻沒有情人。」

「嗯，差不多是這個意思。」

他稍微把上半身坐起，端起應該是他的酒杯，像喝水似的幾乎一口就喝光了。

窗外的閃電幾乎沒停過，並且下起大雨來了，霧不見了，街景看過去，黑灰色，然後濕透的路面，視線有種下墜的沌重感。

「你在樹林口國小入學，小學畢業在首里華人學校。很厲害耶，等於小學五年級才開始用日語生活，畢業還能全年級第一名。」

她也挪了一下身體，趴在他的上半身，看著有同樣下沉感的街道。

「剛好講到我小學的事，可以問你可能是工作機密的事嗎？你放心，我想知道的只是某些『局部』，不會觸及核心的。」

他的手回到她的頭髮，用指頭捲起又放開，反覆的。

「你是我們對手派來的皇家情報員嗎？真是的。我知道對馬上就能拿到現金的繼承案，你一直有怪異的想法。但搞不懂的是我講了一晚，為什麼還不能讓親愛的你明白？」

她連餵了他兩顆腰果，又把酒杯注滿，遞給他，一邊專注的看他喝下這杯的表情。

「好吧！我想問的事，是我真正的成長背景。你們事務所不是請了地表上最強大的偵探團隊，把我的身家，以奈米為單位，丈量出了讓三個不同國家都深信的報告嗎？我只想知道真實的我是誰？誰的小孩？真的是茶園的後代嗎？以現在的狀況，我沒有理由拒絕這筆不算少的現金，只是回到樹林口將近二十四小時，完全想不起來，我有長期在此生活的任何遺跡？只是愈想愈混亂而已，其實，也有點害怕，把另外那個『我』的養老金都領走了，這樣就有道德上的遺憾了。不是法律上的，而是道德上的顧慮。於是，我開始懷疑起，我是誰？到底活了三十八年的我，是不是真實的那個。」

從他們進房後，美軍電台一直都不是播出童頻講的「all jazz time」，相反的是繼續著歐洲盃的現場報導。

直到現在兩人（暫停）的沉默時間，他們才發現。

（他動手把FM調到BBC的古典台。）

「我以為今晚遇見了一個要聽曼聯轉播才能與lover睡覺的新品種人類呢……」

喇叭音量突然失速飛快的鋼琴獨奏，和外面的大雨混成另外一種視聽畫面。

「內田光子的德布西十二首鋼琴練習曲。」

他講完不到五秒，她迅速的托住他的頭，把嘴對上他的唇。

「好棒，又答對了耶~」她把話吐進他嘴裡嘀咕著。

「你真的不是音樂工作者？或，樂評人之類的？其實，我也有報告是假的不祥預感。因為，在那連結著機密感應器的行李裡頭，關於親愛的你的最終學歷，居然是日本國境最南的奄美大島木工職業學校。可是，你的手掌又大又細又綿密，絕不可能做過木工。」

她掌心貼著他的掌心，五指伸直。

像剛被馴服的寵物把雙手掛在他的身上，像講悄悄話一樣在耳朵旁呢喃。

「講真的，還不識字我就開始彈琴了。剛剛那首第六練習曲，我們都努力的演練過，如何忍住不讓姆指介入快速的八指快捷鍵盤彈奏。忍住，是彈成這曲子的唯一要素，可是此刻卻忍不住了……」

掌心的指頭扣住了另一隻牢牢握緊的掌心。

「就演奏的方式而言，我並不喜歡內田女士的方法。感覺雖然一絲不苟，但不能因為是『練習曲』，就這麼嚴肅吧？」

室內還是環繞著鋼琴獨奏，外面雨變弱，弱到剩沾黏在玻璃窗上的雨滴而已，霧好像又漫漫的升起了。

「你到底做過木工沒？快跟我講你的事嘛～」

她把小而柔軟的胸部緊緊的貼在他幾乎沒肉的骨感胸膛上，自然的形成了擁抱狀態。

重新湧起霧的外面，閃電不知道什麼時候恢復了，一閃一閃的打在蜷曲在一塊的兩個身體上。

「老實跟我說，你是不是害怕我們是一個組織龐大的的詐騙集團，而你，是我們細心尋覓到的餌。」她翻身變成平躺，用右手牽著他可彈十度音的大手掌。

「在我們晚餐前，確實是這樣想的。但，現在不是了。」

「順著剛剛的話題，鋼琴的練習，不知道有沒有老師跟妳講過，左手功夫很重要，多數習琴者都會忽略；我在首里小學畢業時，因為要擔當〈驪歌〉的伴奏，於是苦練了一段時間。當時指導我的音樂老師告訴我，不管是練習曲還是一般樂曲，右手彈一遍，左手應要彈十遍。就是這樣，我在我自以為明確的右手身世裡活了三十幾年，無論好或壞，我跟其他人一樣，沒有抗拒，跟隨著時光的河，緩緩前行。」

她發出很微妙的笑聲。然後像幫嬰兒換衣服的保姆一樣，把他繡著「島唄」的草綠短T-shirt脫掉。

優梨深情的把耳朵貼在他赤裸的胸前。

「我就說你一定是音樂相關從業人員，看，首里華僑小學第一把少年琴手。」

「哈。你弄錯了，這是我活到現在唯一一次的伴奏，我不是說過了嗎？我們畢業班只有一個班，大約三十個小朋友。我是喜歡音樂，但是，音樂學習太昂貴，不是我這種背景的人有資格進入的。」

「天才不用受太多正規教育嘛，又不是我這種遍訪名師的庸才，怎麼也記不住那些細節。最後就成了這樣一個被親密夥伴懷疑的法學院畢業生啦。」她幾乎是只用呼吸的氣聲在他耳邊低語。

「小時候，你應該無庸置疑的可愛極了吧？我要是你的老師或同學，一定會特別關注。你有種使人好奇的安心感，很特別的誠實氣質。」

他張開修長手指的大手掌，半捧著優梨的小臉頰，表情神祕的看著專心說話的她。

「一年前，幾乎是被迫的接了這個感覺很麻煩的案子，又加上結束了一段莫名其妙的戀愛，那時覺得當大人真是淒慘。可是老闆 lady 阿姨跟我說，這是個超級好 case。事件有意義，當事人有意思。做成這件案子，低氣壓就會消失，稚氣的 Yuuri 將會成為開朗的優梨小姐。耶，可不是真的嗎？」

她緊緊的把頭貼在他的胸前，

「實質的人生意義裡，我是個孤兒。或許因為這種人生遭遇，讓我變得比其他人隨和。好吧！我跟妳公布我沒什麼平常也不太想聊的『右手』吧～但，妳有必要把你們調查出來的我的『左手』跟當事人公開吧。」

「一直以來，生活裡面，從沒出現過父母親這種角色。」他調整了呼吸。

「對這種事情開始有知覺時是首里華僑學校畢業的那一段時間，很多同學平常罕見的爸媽居然都出現了，那時候，甚至最要好的死黨，班上副班長的臺灣外祖父也來了那霸，那段時間，心情上出現了人生初次的混亂感，疑似每個朋友好像都私下耳語著我的身世。」

「養父母是沖繩美軍基地的一對文職軍官夫婦，這件事，當然自己很清楚，也有多次去嘉手納基地看他們的殘破記憶，因為別人的父母都會出席畢業季，於是我鼓起勇氣，偷偷寫了一封改了又改的長信給他倆，重點很簡單，只是希望他們能參加，結果他們不但沒現身，一年後，信也蓋上

『查無此人』的戳印，退到我快要離開的寄宿家庭。」

「親愛的，看樣子，我們不但左右手的祕密都能得到答案，這次，還會一口氣擁有鋼琴踏板的腳功力祕訣。」她用嘴咬了翠綠小黃瓜餵進他的薄型嘴唇裡。

「上了首里的初級木工職業學校的理由很簡單。這裡的學生，全都來自於不能或沒有能力升學的家庭，要念六年，畢業的最後一年要在好像被拘役流放的奄美大島，等於高中職校學歷，就是你看到的檔案。」

他發出嚼黃瓜的輕脆聲後，負氣似的離開她的擁抱，突然站起來。走到冰箱，拿起一瓶Volvic狠狠的差點整瓶灌光。

「我也要喝水，給我。」

他們回到一開始腳與腳相疊的伸展模式。

「初中一年級開始，我搬到學校宿舍變成寄宿生。這在琉球倒是常見，因為都是離島漁民的孩子。一年級結業式後，合板木工指導老師要我下課後到教師辦公室，我清楚的記得那是個雨下不停的颱風季節，大雨中，有個穿銀色西裝的削瘦中年男子站在走廊下，雨在他背後狂烈的由老屋簷瀉下。」

「他戴厚邊黑眼鏡，皮膚是拿鐵咖啡色，黑偏白。他看了我幾分鐘後，給老師一個信封袋，就坐進一旁等待已久的粉紅老Benz車裡。」

「哇～cool耶，少女骨董車。拿到這次報酬後，我也去買一台，當你專屬司機。」一開的很生硬的玩笑，只是不想讓他陷進太難過的情緒。

「老師跟我說，我美國養父母同年在夏威夷過世了，他們的遺產除了血緣關係的親戚外，我會得到一部分。好，當時還小，而且與養父母可說毫無感情可言，任何人都知道會因為這種繼承而引來無端的麻煩，因此，那個暑假我和這位老師去了一個月的火努魯魯，填了些表格，沒什麼感覺的就繼承了一筆錢，然後，畢業，離開木工學校，剛好有學長在臺北做了樂器工廠，那段時間需要一個合成木材監工，我一直工作到日本總公司因為京阪神地震事故後才離開，集體資遣。」看她眼眶有點忍不住的溼潤，童頻稍微把優梨抱得更緊。

「即使聘我的公司解散，但我還是留在臺北。因為，這裡才可能有收入。日本幾乎解體，生活費也太高，直到，上海世博會的時候，舊股東臨時組合的展覽公司找我上班，才真的完全搬離臺灣。果然，厄運又再度降臨。在上海這邊的日商公司因位在福島的海嘯，再度失去公司。再來，就是你和你們公司找到了我。」

講完這段，他把自己的頭埋進枕頭，幾乎沒辦法再繼續。

窗外不知道的時候，變成晴朗的夜色。

「好吧。公事上，我們有時效性，而且短到必須天亮前完成任務。」

她嚎啕大哭後，整個人坐起來，心事重重的把剩下的另一小瓶礦泉水全部喝光。

「私事的部分，以後再說好了。」她把頭髮順到兩邊耳後。

沒開天花板頂燈的3739號房，感覺比起外面已逐漸晴朗的風景還略為緊張。

「剛剛講到的那個有拿鐵膚色的人，是我老闆lady阿姨。也是你阿姨，並且就是你想的所謂血緣親戚，你過世母親的親妹妹，很小就過繼給樹林口的地方民意代表當童養媳。你在臺灣那麼多時間，應該知道這種類似養女卻是媳婦的奇特關係吧。」

「所以，那天來的那pink Benz的主人，就是我唯一的血親。也是對你好的lady阿姨。對吧。那她現在在哪？」

童頻把身體豎起來，靠回床沿的牆上。

天色開始變成正常春天的黑色，霧散了的部分，月亮在不注意的時候露出了一小邊上面的圓邊線條，像天空被小孩劃了一條黃邊。

「下午，我們去看茶園和老房子的時候，我不是用手機拍了很多照片，有你和老洋房，我們兩個，都是傳給在東京聖心醫院彌留狀態的她，剛剛十五分鐘前，同事簡訊說她腦死了。」她低下臉用手抱住頭，發出已經哭光眼淚，又再忍不住的啜泣。

「前天我離開東京時，她還提醒我，我們碰面的今晚會是二十一世紀唯一的月全蝕，她會在看不見月亮的時候離開地球表面。」

月亮無聲的從街道的背後慢慢露出來。

「原來我以為我們會一起去東京跟她會合的。但是，怎麼搞的，會有這種怎麼也來不及的百年月全蝕啊！」優梨忍不住雙手覆蓋起自己的臉，流光眼淚的抽搐顫抖著全身。

「其實也不必亂想了。你在樹林口的時間，就像你想的，沒那麼長，親愛的，小學三年級就去琉球了。」她把杯裡的酒全喝了，說：「現在，麻煩的，真有點醉了。反正明天和公家的作業程序是下午，現、在、就跟你、說，我們調查裡面，你父母與養父母的關連。」優梨失控到竟然沒辦法完整斷句。

「從前，樹林口在越戰時期是美軍最早在太平洋地區設置社區的地方。有名的6987通訊中隊就在此地近三十年，可以說是非港口亞洲美軍傳奇。這裡的居民敘述，6987這個社區簡直是當時樹林口天堂樂園。」

她看了月蝕日逐漸現形的月亮籠罩的街景，覺得還是要把事情講完，即使不堪。

「親愛的，你的生父母，在這社區當潔務勞工的第三年後，被home party酒駕的Harry夫婦撞擊至失去意識，過世的夫婦留下的新生兒由肇事者扶養……」

月亮終於以完整的圓現形了，橘黃色的幻光照著他們兩個過於疲倦的擁抱。

也清晰的照在這條無人的新街上。

「然而，這茶園真正的主人，確實是你那找不到現實感的父母與自己的親子接點，在農業極度蕭條的那時候，他們選擇了剛剛講的6987美軍社區的勞動工作，徹底把沒有能力耕作的茶園放棄。」

她說話的呼吸愈來愈緩慢，窗外的風景彷彿被設定過似的，一一在月光下甦醒過來。

他看看已經不再下沉的路面。把手環繞著微微顫抖的她，BBC FM播了德布西的〈月光〉，應該是魯賓斯坦的Live版本。

「放心的睡吧……我們現在都知道了。」

可怕的安靜被愈來愈清楚的月光吞沒，非現實感幾乎消失了。

他看到均勻的光照在她微微露出的虎牙，放心呼吸的柔嫩臉頰，終於也把眼皮閉起，在第一個哈欠打完後，隨著她的鼻息，與〈月光〉的踏板節奏，完全沒有壓力的進入了無夢的黑暗放心世界的最底層。

幾乎在同時，無人的街道也和他們一起沉入放心的眠夢之中，安心的睡意吞沒了一切。

第三次——世界大戰——來了

空氣裡充滿了悶熱的氣息，街道被蒸發成扭曲的景象。

放眼望去，城市是模糊的。

我恨城市裡的夏天。

矛盾的是，我又熱愛夏天。

海邊的夏天。山上的夏天。只要是沒有房子的夏天，我都喜歡。

那是大學畢業後的第三個夏天。

剛剛結束慘痛戀情的七月底，哭到沒有眼淚的才離開那個南方海邊，回到令人厭惡的首都，我父母的家。

沒有人看得出的傷心、悸痛。

我真的非常愛他。愛到沒有了自己都願意。

爸爸、媽媽，還有剛拿到博士學位，進入股票上市第一名積體電路公司的弟弟。

他們一定很高興。

根本不用猜，看他們的表情，看他們的肢體，就知道他們恨不得天天像過年似的放鞭炮慶祝。

慶祝他們弱智女兒的失戀。

他。幾乎每天衝浪，因此，我們離開這個叫首都的城市，搬到南方海邊住。

就一般社會認同的角度，他等於沒有工作。

因為他不是衝浪選手，也沒開賣衝浪板的店。

有一天，我們決定用我的信用卡借錢在海邊開一間小小的bar。

開了六個月。

除了第一個月有朋友來捧場之外，後來的五個月幾乎沒半個人來。

而且，第一個月那些朋友百分之九十是賒帳。

後五個月。

那些朋友還是和以前一樣，自己從公路上的超商帶酒到海邊喝。

接著，反而是他不想繼續在這裡衝浪了。

他跟我說，他想去更南的海邊，叫我先回首都。

最初，他每個月都來看我。

我回來的時候，剛好是舊曆年前沒多久，夏天之後，他就沒再來了。

看他回的簡訊，字愈來愈少。

我就知道了。

他。以前的那個他，是不知名的地下樂團吉他手。

我不知道他吉他彈得好不好？

但，我確定他彈吉他的樣子是最帥的。現在還是繼續確定他是吉他手，只不過，分手的時候，他也同時放棄彈吉他了，那個樂團解散了。

我們全家人也都討厭他，除了我以外。

爸爸把我取名「多兒」，小時候以為是doll的寶貝女兒的中文發音。長大發現根本不是，完全是自己自作多情對天倫之樂的幻覺。

「為了早點有個弟弟啊！」高三時，媽媽跟我講的。

當時聽到，真的有很大的恨意，直到弟弟出生後，我發現了可以偷偷作弄他，讓他小哭一下或吱吱叫，居然有奇特的快感，恨意也就逐漸消失了。

話說回來，當男生還真好。

弟弟出生後，除了被我這個對他沒有愛意的姊姊折磨之外，完全被周遭的人團團保護著，毫無例外。

除了弟弟之外，我很喜歡男生，甚至沒有辦法跟女生做朋友。好朋友都是男生，當然，百分之八十後來都變成了戀愛對象。

不知道為什麼？完全沒有女生的朋友，一個也沒有。

認得他的同時，在日商雜貨連鎖店表面勤奮的工作。照理說，應該會有要好的女性友人，因為，七成以上同事全都是女的。

還是沒有。

我上班時間盡量演出合群的角色，打烊後，絕不會和同事一塊吃飯、逛街。午餐時間，也是把從超商買回的便當或泡麵迅速吃完後，就回到櫃位繼續工作。

因為看起來是個盡職到不行的員工，每個月都被主管讚美並頒發獎金。客戶的評價也一直保持在前三名。

那天，在一個獨立音樂的網站上，看到有免費入場及啤酒招待的live house開幕演唱。

光看到錄影畫面三十秒不到的播放，我就被他吸引了。

黑潔亮麗的長髮，配合著電彈奏的搖擺，就算要門票，我也會去。

就這樣，那個晚上，我和可能是來捧場的他的朋友，僅僅兩男一女（我）的聽眾稀落拍手聲中，我們認識了。

他們合唱團的女主唱邀我們一齊舉杯。

坐在我旁邊的他，平靜地喝著啤酒，吸入味道濃重的手捲菸，然後，看著我，若有似無地徐徐吐出心煙。

（是女生都會被他的模樣吸引吧。）

我當天晚上就陷入了。

回到租來的房間裡，不斷地想著，再度重逢時要如何告白，連夢裡都緊緊挽著他的手不想醒來。

上班的鬧鐘響起，才恍然察覺是夢。

繼續扮演客戶評價前三名的日式雜貨服務員，繼續把瓶瓶罐罐像站崗的哨兵似地排列，把客戶試穿的衣服瞬間摺成方塊。

毫無意外地，一個月過去了。

那天，心情不知是不是因生理期的緣故，異常的不安。

睡醒時是被雷聲叫醒的。

非常響亮的「轟」之後，雨就下來了。

當然，這種天氣情況，生意一定不容易好。相對我們這種雜貨營業員，反而是種休息。

他從側門走進男裝區，我就看到他了。

沒有客人的時間，誰進來都會被注意到，更何況是他。

春雷帶來的好運吧？（要好好把握，無論如何。）

很快的，我們就住在一起了。我也從家裡搬出來，為了他工作上的方便，租了個頂樓加蓋的閣樓。

每天他都反覆聽一張叫《The September Sessions》的原聲帶。那《九月季節》的主唱叫Jack Johnson，嗓子好聽、節奏簡單，尤其是專輯的第一首現場〈A Pirate Looks at 40〉，哇！真是好到不行，一把吉他跟幾段簡單歌詞。

他說這就是他的偶像，一個撼動他成為吉他手跟衝浪夢的人。《九月季節》，是部我從沒看過的衝浪片，音樂片導演都是Jack Johnson；這張紙盒版的CD，有印著他手寫的字跡：「感謝浪。衝浪者。音樂和音樂家。」

就這樣，一天天過去。有時我放假，他帶我到島北的海岸玩，他好像沒有朋友，除了樂團的團員們。

但，我其實覺得高興，他的浪板上還漆上了我的英文名字。

他和我，那段期間每個假日，都是我看著他在波上的浪頭玩耍度過。除了打雷閃電之外，四季的假日都和海岸和波浪一齊；滿足的看著他紮著頭巾在浪裡迴旋。

當然，現在想想，心都會悸動到不知所措。

（怎麼有這麼多沒辦法明白的事啊？）

究竟是為了什麼？他無聲的消失了，就算是有了新戀情，應該還是可以聯絡的吧！我問遍了他的朋友，卻沒人知道他的任何音訊。

還是那些人也瞞著我，怕我難過，還是怕我做出令大家都難堪的舉動。

日子過得雖然緩慢，但我還是得繼續生活下去，父母都高興我搬回去住了。從前日式雜貨連鎖的主管也接納我，讓我回去上班。

我用心努力的做到比從前更好的工作狀態，幾乎是每月都用第一名的業績在單位中存活。

大量的春夏用品開始折扣。新的秋季商品湧入倉儲，我們就知道，又是一年要結束的前兆了。

通常這段時間，我們會有輪休，在聖誕及農曆新年前有人脫序而引起工作混亂。

但，對我來說，長假是苦悶的，我不知道要做什麼？也不想待在家裡和父母無所事事的相處，更不想參與同事間的旅行計畫。

但，主管一定是要我們休假的。

而且，這個休假長達十天。同事有組團去了海外，有組團到了島內的山地民宿，就是沒有一項吸引我的。真心的面對自己的心的話，其實，只不過怯懦的「我」嚴重的害怕團體行動而已，並不是沒有吸引力的旅行標的。

總之，假期在今天把蜂擁進入的顧客送走後，就要開始了。走出按下保全按鈕的圓形鍵後，我往回家的路上走去。破例的為自己買了一瓶中價位的智利紅酒，店員以為我是要送人，悉心用霧色的棉紙包紮好，還打了金銀兩色的蝴蝶結。抱著美麗酒瓶，走在牽滿LED小燈的行道樹下。不但沒有湧起幸福的感覺，反倒流下不知為何悲傷的眼淚。

媽媽問我要不要吃晚餐，她煮了砂鍋魚頭，還特別為我加了大量的山東大白菜。我說：「我已跟同事吃了，晚點如果餓了，再自己熱來吃吧。」

我盡量和父母維持一種平和的偽善關係，已經成了一種習慣。畢竟，他們是真心愛我的，無論我的分量多輕多重。

比起其他人來，他們倆個是永遠在身旁的真實伴侶。

在小小的臥室裡，我用唯一一把克難型的紅酒開瓶器將紅酒打開，倒進馬克杯裡，然後，將拆下來的包裝紙疊平，真美的包裝及包裝紙。

喝了一杯後，覺得澀澀的口感應該配點什麼音樂才對。

我只有那張《九月季節》。

就放它吧。本來以為永遠不敢再聽Jack Johnson那略沙的嗓音和傷感的吉他和弦了。

夜色來臨。黑得讓我感到不曾有過的害怕，吉他的伴奏繼續著，但，外面風呼嚕呼嚕的像颱風似吹著恐怖風的聲音。甚至，讓我覺得是幽靈站在我房間的窗外吹著不知名的口哨。

（分不清到底是醉了還是睏了……）

終於在這樣暈暈的狀態裡睡著了。

他站在窗外吹口哨的長髮模樣，吹著Jack Johnson的〈A Pirate Looks at 40〉這首獨唱曲。

像噪音一樣的口哨，聲量大到跟颱風來襲一樣的怒吼。

我是幾乎不做夢的那種人；或許該說，是完全不記得夢境的人，在睡醒之後。

但，我清楚記得他淒涼落寞的模樣，並且，就貼在我的窗前。

醒來時，看著手機上時間，也不過七點多而已，陽光斜照進我的房間。

拉開曝曬滿滿日光窗簾的同時，我更清楚，對他的想這麼的深，並且不同於以往的任何一個男友。

把抽屜打開，有好幾十本我倆一塊的相本。在陽光海岸、在昏黃室內，他總是摟著我，燦爛的笑著，像無邪的孩子。

偶然還是刻意的巧合，這時候音樂播到這張合輯的第六首歌〈Ganges A Go-Go〉，那女生的嗓音高到一種使人興奮的澎湃裡，解說內頁寫到這個團體叫「Guns, Cars, and Sitars」，一九九八年出品的，好久了，那時我才九歲不到。

Go Go吧。我想。

去以前我們懷抱著巨大夢想，然後憂悒離開的南方海岸。（就是度過這個長假最好的方法。）

沒有任何猶豫，我帶著幾件衣服塞進簡單的背包，就上了火車。

由於一整夜沒有好眠，在火車上居然沉沉睡去。沉沉的夢裡，我被他披散長髮依然在火車窗外吹著狂風怒吼的口哨。驚醒。終點站到了。

換了巴士，繼續向南。

巴士沒變，真好，雖然車老舊了，車上也只有我一個，司機自在的放著臺語歌〈黃昏的故鄉〉。我也覺得我是要回到故鄉，雖然，歌詞不是很懂，但明確的知道這歌是想念一個故鄉的男人的嘶吼，並且有很重的苦悶。搞不懂為什麼人生總是苦悶多於快樂、悒鬱多於愉悅，還是只有部分像我這樣的人才這樣子。真的不懂。

巴士略為磨損的玻璃窗外，大片洋蔥曬在廣場上，我稍微把窗子打開，海風混著洋蔥有點嗆的氣味飄浮在空氣裡，再幾站，就會到達我們生活過的岸邊。

雖然是秋末近冬，這裡仍然陽光明朗，只是溫度略低。

有許多人不在這個季節衝浪，我不怎麼明白原因，可能是沒有合適的浪頭或風向吧。

這次旅行是真的孤獨了。

但，孤獨的旅行好像是好的，並且，我也懷抱著一種幸福的祈願感，不知名的。

過往總認為沒有戀人是可憐、孤單的。

現在，體會到了，果然不見得，甚至有種完全反過來的思考邏輯。

孤單的幸福。

到了我們曾經廝守的南方海岸時，已經傍晚，看了手機上的時間，六點不到，可能是季節的因素，天空紫藍到最深了，馬上就要天黑了。

隨意的住進一家有餐點的民宿，現在這裡居然有五、六家民宿，那時，在這開店時，是非常荒涼的，走到超商還要半個多小時，而且它其實是開在海岸公路上的。

本來，我還想帶帳篷的，但，想想，我根本沒有那種東西，不可能去買一個。再其次，我也不會搭，以往到任何海邊山間露營，都是他搭。

說來，他並非我旁邊那些關心我的人認為的一無所長。

（關心我而厭惡他的人沒錯。他也沒錯。）

但，終究他還是離開了，像從前那些分手的男生一樣冷漠、無聲無息的消失在我不知所措的時空裡。

雖然，已經習慣。卻特別特別的想念他，不知道為了什麼？因為什麼？每個我們在一起的細節，我全都記得。

夜晚終於來臨。

穿著亞麻色白圍裙的服務生，看起來可能比我稍微小一點的年紀，告訴我可以到集體餐廳去吃晚餐。

「全是素食喔！今天是義大利麵，你可以選寬麵、細麵，還有米粒麵；湯有兩種，蕃茄或蘑菇。」

我跟著她順著有歲月磨痕的舊木頭樓梯，來到面海的餐廳。整潔並有著不知名草香味的空間，已經有不少旅客開始用餐了。有數量可觀的盆栽，樣子都好看，我認得的只有薰衣草，其他都不曉得；植栽的缽盆也都是素燒的，有直接紅泥燒製的，也有粗泥色的陶盆（原來草香氣味是這些植物們構成的）。

吃了羅勒麵和類似羅宋湯的蕃茄雜菜羹後，剛剛那個亞麻圍裙的服務生問我要不要喝點飲料，因為再過半小時，他們就要收拾清理餐廳了。

我看到手寫的飲料單上有「黑茶熱飲」，很好奇，就問她說：「這是什麼飲料？」

她告訴我說：「很多人好奇這種飲料。其實，它曾是中國傳統茶裡很重要的一種，只是，後來都被遺忘了，產於湖南一帶。」她帶我去看深綠玻璃罐裡的塊狀茶磚，拿出一只小小放大鏡，要我看看。

透過放大的鏡面，我看到緊實的茶葉像黑岩石一層又一層的紋路，而紋路間有像小雛菊似的菌絲，很好看。

「我們叫這樣的活菌絲為『金花』，要兩、三年才有。除了沖泡茶的喝法，也可以把茶湯煮好後，一比一的調入牛奶，製成奶茶，只是因為這裡是個全素的地方，因此，我們改用濃厚味豆漿，非常好喝喔！」

「我要去忙了，等等如果還有什麼需要，就來找我，我如不在大廳，你拉拉搖鈴，就行了。」

「喔！我叫May。」

吃完餐。也喝了這種本來被當成藥材的黑豆奶茶，果然感覺了不尋常的滋味。餐廳收拾完後，我跟大家一塊離開，發現深夜的海，有種淒涼的黑色，深灰的，不完全黑。

在臥室裡，看著這家特別的民宿手寫的介紹冊子，沒多久，就在海浪拍打聲裡，深沉的睡去。

沒有夢，也沒有他的口哨聲。

光線穿過棉布窗簾時，看看時間，清晨六點不到，但因為睡得很飽足，心情也跟著愉悅起來。雖然拉開窗簾後，看到天空是仍然淺灰一片，但海水卻像往常一般美麗清淨的反映著湛藍。

遠方的浪頭有個衝浪的黑影，是唯一在這種季節我看過的衝浪者，真是好奇。

這人的衝浪姿態非常美，像剪紙似貼在每個海浪的高點，幾乎和海水黏成一條平行線，隨著起伏，很好看。

早餐時間。

陰天日光佈滿餐廳。

和晚餐有不同的視覺感受。

比昨天傍晚看起來大很多，不只是可清楚用遠視角看到海平面的緣故，總之，感受異常大，或說是悠遠。

也瀰漫著完全意料之外的香草氣息。

吃沙拉時，May跟我說他們早晚的餐前時間，都會更換一些香草盆栽，以免讓外頭滲入的氣味像海鹽味或住客入屋後的體味帶進來，這樣餐點的味覺就不純粹了。

（真是納悶，他們怎會有這麼多的人力？）

因為一向在首都的早餐都很匆促的要趕上地鐵，於是也跟著吃得很快很倉促。

習慣終究沒有辦法一下子改過來，我出了餐廳往海的方向走去。

（其實，我是想找那個早晨透過窗口看到的衝浪人。）

木麻黃樹好像比我們以前在這裡時更茂盛了。

也有很多仙人掌科的植物，這種枯竭的季節，居然還開了很多黃紅顏色的花，真不可思議。

不變的是，沙灘還是一樣的黑。

據說這是這島上第一大的「烏石港」，每顆石頭、砂粒都是黝黑的，非常罕見。

也是吸引許多世界各地衝浪者的原因。

島北邊靠東，也有一小片烏石港，但，面積太小，比較沒有南方這裡知名。我沒去過，但聽他說過，本來我們是要去那裡的，因為租金各方面都便宜，離首都也近。

（就是離首都太近，我不喜歡。對他的朋友來說，也太方便，我們開在島北，豈不是要做損友慈善俱樂部。而且，那裡人氣沒南方這面海岸旺盛。於是，無抵押的高利貸款一下來後，我們就來了。）

愈走近已經快要上岸的衝浪人影，心裡就愈慌張和恐慌。

（有沒可能就是原來想念的他。）

停在閃著些微光澤的黑砂海岸上。

我想，如果是他的話，我們要如何對話？他會說什麼？還是，要若無其事的問候：「最近過得好嗎？」

海風不斷掠過我固定不敢向前的髮絲，不知道是嘲笑還是鼓舞的嗡嗡響著。

怯懦讓自己像影片停格似的仍舊停在原處的一座雕像，沉重的無法向前挪進腳步。

（一步也不能。）

但是，他向我走來了。

穿過開花遍地的仙人掌群，黑滑還沾著海水的衝浪衣，打著赤腳，抬著沒有圖案的舊綠色浪板向我走來。

當然，讓我驚惶失措。

就要逼近的那前五秒，我躲進了供衝浪人淋浴及更衣的簡易木板小屋裡。

（說是小屋，其實並不恰當，充其量只能稱為木板隔間吧。）

雨下下來了，細細的毛毛雨，我在木板房裡縮著糾結的身體，尷尬的不知如何是好？

隔壁的門聲打開，也有人走出的聲音。

「再不久，雨會很大！最好出來吧！」他敲敲我這邊的木板門。

是個聲音低沉的女聲。

（原本我糾結複雜的情緒裡，其實是充滿期待的興奮感的。此時完全落空了。）

她（不是他）把折疊黑傘打開。

輕輕碰了我的肩膀，我們往民宿的方向前進。

「這木板淋浴間，你們倆搭得很辛苦吧！當時。」

（真是驚訝得讓我說不出口，她怎麼知道的！）

進民宿的大廳前，雨瞬間像大瀑布般的傾倒般落下來。

May把門打開，遞上兩條和她圍裙一樣顏色的毛巾給我們。

「你們還沒互相介紹吧！這是我們民宿的主人，我們都叫席嬤嬤，你也可以這樣稱呼。」

「我叫多兒。你好。」

她像祖母似的溫柔的牽著我的手，坐到窗邊，雨瘋狂的在窗外努力排洩，黑色的砂石全都模糊了，直到看不到海平面。

May泡了壺黑茶，素淨白壺放進了兩小塊黑茶磚，一刻鐘左右，她邊幫我倒茶邊說明及介紹自己。

「你知道平埔族嗎？」

我點點頭。

「我是非常純粹的平埔族人，父母都是。當時，還不能使用原住民名字時，父親就用了漢人本來就有我們的姓氏，席。」

「席氏。我的名字。跟May講的一樣，你可跟其他小朋友一樣叫我席嬷嬷，今年過完生日，我都六十九歲了，不會講中文的外國客人叫我Hex mami。」

真是看不出年紀的年輕，我以為她頂多四十歲，或許沒超過。她的臉上沒有皺紋，澄清的瞳孔透著不可思議詳和。

像一般年輕的衝浪者一樣，黝黑透亮的皮膚，卻非常光滑。

這麼近的距離和一個長輩的女性一起，恐怕是成年後的頭一次。

但，她就真的是讓我（或說是每個人）都安心願意依偎著她，靠在她身旁的那種有魔力的人類。

沒有遲疑。沒有衝突的那種親和感。

「夜完全黑暗之後，第一顆北極星出現時，我們來聊聊你的事吧……」

她像同學或姊妹淘一樣，伸出手掌握住我的手掌，絲毫沒有刻意的尷尬感，對我這種人而言，真是徹底被換了什麼神經系統似的。

「再等一刻鐘左右，你的事，我想跟你聊聊，希望你會開心一些。」

（「開─心─」。我在心裡確認了她沒用錯詞。本以為她要說的是「安心」。）

我們視線在好像有所意會中相互交會了一會。然後，她起身向餐廳方向走去。

（夜，怎會黑得這麼慢？還是因為我的意識緊繃在急於確認的狀態中，因此，晚上緩慢到好像不會來臨一樣。）

客廳手扭式的老式「精工舍」掛鐘敲了半點的單響音，我抬頭，下午五點半。

窗外開始有點昏黃的顏色，取代了原來灰灰的白晝陰霾。

嬤嬤和May一塊來到窗外我們看海的桌前，她右手指夾著兩只淺綠色的酒杯，高腳刻花的。左手提了瓶清澈透明的酒（像水般的澄清），瓶中有條蔥綠色的長草浸在裡頭。

May把托盤裡的兩顆紫菜烤飯糰，還有兩小盤混合的生菜，擺在我們桌上，就離開了。

「這是波蘭產的伏特加酒，你能喝酒嗎？要是不能，就喝點青草茶吧！沒有加糖的純臺式青草熬煮的。我請May拿一壺過來。」

「不必麻煩了。喝一點還是可以的。」我看她幫我倒入我的酒杯裡，冰凍過後的純水的液體讓杯子有了霜降的外表，霧氣的透綠。

為了讓好奇心和焦慮感看起來不那麼明顯，一口把伏特加喝下，奇異的甘味，嬤嬤說是波蘭特有的野牛牧草香。

狗突然像狼嚎似地，一隻一隻串連叫起來，夜來了，老鐘敲了六個響聲。

暗深的夜，在毫無察覺的頃刻間，直接代替了昏黃的暮光。

非常深而且暗。

狗群持續的嚎哭聲中，我屏住氣息。但，卻聽見自己心臟急速的跳動聲。

（砰、砰、砰……不斷地。）

嬤嬤把她溫暖的手伸過來握住，然後再用雙手與我雙手盤握著。

然後，我剎那好像就失去（或忘記）恐懼感的存在。

她鬆手後，舉起小綠玻璃杯與我的杯輕碰一下，我們各自飲完杯中的甘味伏特加。在狗的哭聲裡。

原來事情不是我想的那樣子。但，Hex媽咪形容更多即將到來的世界景象。在狗嚎哭聲夾雜著暴雨狂浪的音潮夜晚。

她說了，她之所以用力種蔬食的原因，是因為人類最巨大的天災即將到來，雖然具體的時間她無法感知。屆時，天災後留下來的地球人類，如果沒有種植的能力，還是無法存活。

「連野菜都無法存活，到那時候。」

精工舍的掛鐘又不知第幾次的響聲了，波蘭野牛草伏特加的香味在舌頭和喉嚨深處攪動著香氣。

她說因為平埔族有世襲女巫的傳統，換句話說，與其說是一種超能力，還不如說是一種世襲任務。

「我們原住民多數是基督徒，多半島上的人都會知道的，我也不例外。因此，大學畢業後，其實是靠教會的獎學金去了加州的神學院念了『文化基督徒神學』課程，但是，研究所的一年級就加入了衝浪社團，後來，索性連課也不去上，天天都抬著浪板泡在海裡。」

她笑了，真優雅的女人。如果我老了之後，有她一半的氣質，就好了。

「但是，有天終於發生了事件，讓我真實的體驗了生死瞬間的肉體脆弱。」

她咳了一下，很輕的聲音。但，我的耳朵裡好像混合了海滔聲的迴聲，充滿了一種迷離的共振。很難說清楚的聽覺感受，不能說完全沒有不適感，但，卻是以往未曾體驗的，比較接近的形容，或許，差不多是把兩顆大型的龍宮貝殼完全蓋上兩只耳朵的那種共鳴感吧。

幾乎是同時，我倆深深的吸了口氣，把杯中伏特加一起喝掉。

「沒有事吧？嬤嬤。」我擔心的問。

她站起來，有點恍神似地，把CD player裡的片子退出，從旁邊檜木架裡抽了另一張片子放了進去。

特別版紙盒精裝的橙色封面放在桌上。

是Jack Johnson的《九月季節》，吃驚的我嚥了口水。

「那時，社團的學長姊有一個傳說，說是在棕櫚森林後的一處叫Deep Beach的岸邊，是被詛咒的浪區，雖然，這區的浪總是充滿誘人下海的漂亮水波，但，畢竟是衝浪者禁區，因為，每個下去的人，竟然都沒有人再上來過。所謂『美麗的浪頭』正是這片區域寫照，像日本浮世繪一樣漂亮，波波連接。就跟他在東部的遭遇一樣，他沒有離棄你，而是在島東方的浪裡消失了，我感知到和我當時一模一樣的氣息，在你猶豫不安的狀態裡，我的瞳孔清楚的看到他在浪頭上慌亂的丟失了浪板，然後，不見人影，只看到幾百朵巨浪層層的向我湧進。就像當時的我。我當然知道焦慮著什麼，現在我跟你說的，不代表他就是這樣死去或罹難了，總之，他不見了。然而，因為我活了下來，所以我告訴妳。」

原來揪緊全身肌肉，被她的言語畫面幾乎像大火燃燒過的軀體，頓時，不可思議的消失退去，接著，失去溫感的覺得冰凍般的酷寒。

我把外套蓋在身上，還是雞皮疙瘩的起起伏伏無法回溫。

嬤嬤遞給我伏特加，一口氣連喝了四杯，才回到常溫。

「我知道，這種狀況不見得是我們尋常人類所能想像的。」

深遂的瞳孔繼續看著我很長一段時間，接著說「誘惑終究成功了，踩著浪板的我踏進了Deep Beach第一波鼓起的絕妙浪頭，然後，順利進入了從未體驗過的神祕多層高波，不知有幾百道波浪裡的翻滾飛躍，講不出來的極限快感，簡直是貼在每波捲曲的浪上，玄妙到言語無法形容。」

畫面和喜悅我也能感受，畢竟我看過一個衝浪者的樂趣，並且曾經，是每天的身體對接般的分享。

「但，在一個扭曲成像奶油螺旋麵包形狀的強波浪後，我完全的失去了知覺。到現在我還是不能追憶怎麼發生的。」

雖然她還是這麼的優雅靜謐的樣子，但，某種不可思議無法言語的氣息，在我們的空間徐徐浮動震盪著。

「非常離奇的。妳一定不會相信，我從離Deep Beach距離幾萬公里的亞利桑那州的運河的大石塊上被一個印第安人救起來，他讓我平躺在石塊上休息，浪板還在我旁邊，雖然表面已經裂到一碰就碎的地步。」

她喝了口酒，抽了口氣，深呼吸。

「這位救起我的人是在附近釣魚的漁夫，他以為我是所謂『stream surfer』那類的河流衝浪者。我告訴他後，這位滿臉紅光的老漁夫也沒任何訝異的告訴我說，我早就不是他從這裡救起的第一個人了。只不過，他輕淡的告訴我，自從上次有另一個同樣的狀況來自同個海邊的人被他救起後，他便回去問了同族的巫醫，巫醫給了他一個禮拜的草藥後，嚴肅的說：『該來的終於來了。』地球上的水已經開始倒流，這種情況只是種預兆，更大的事還要再發生，並且潰堤似接連不斷，就在不久的即刻。」

「非常驚奇我沒有受傷的老先生，讓我到他的帳篷休息了一晚，把上次他剩餘的草藥給我服用。就這樣。沒多久我就回到我的家鄉，現在我們談話的地方。」

這個時刻，往窗外望出去，深黑的海一望無際，只有浪拍打浪的清脆聲響。室內的音樂也不知道什麼時候停止了。

在不注意的談話空檔間，狗群嚎哭叫聲仍然持續哼哼發聲著，只不過移位到距離很遠的地方。

我們的伏特加不知何時已經開了第二瓶，席嬤嬤到廚房帶了一點乾果進來，她另外拿了個黃段泥的英式紅茶壺，兩個同樣素材的馬克杯，把黑茶沖了熱水，給我一杯，她自己也喝了半杯。然後，吃了一些杏仁果後，又喝了一小口伏特加。

看看我，我點點頭，像乖巧的小孫女，她又在我這邊小綠杯裡注滿了水牛草香的酒。

「亞利桑那一直都是印第安人的聖地。救起我的老人是阿帕切族人，阿帕切族的居住地是地球上至今一直有外星隕石降落的地方。老人告訴我，他們族人有人可翻譯隕石上的文字，在我要往首府菲尼克斯搭飛機回到家鄉的前一個晚上，在帳篷裡他給我看了三塊剛剛墜落的新隕石。在月光下，那三塊泛著藍光石塊，上面的斑紋，我居然看透了意思。不是以文字或圖像的理解，而是回到小時候睡眠甦醒時，常見的腦海景象殘留，在那些透著藍光的不規則體裡輪流放映著……如果能翻成具體讓你明白的話來說，就是『放映』吧！」

她舉杯和我的杯輕碰，稍稍的皺了眉頭。

「下面說的就是我開始可以透過某些『介質』看到一些畫面，雖然，身為基督徒的我不應該把這類事物說出口，於是，我儘可能不說，但，遭遇到要說明的事的時候，自己就跟自己說，或許也是跟神說吧。比如你和你男朋友的事，我知道我必須說。」

我感激地伸出雙手輕擁著她。

「那三顆亞利桑那阿帕切族人擁有的隕石輪流播放著世界各地幾個迅速建立高樓密集的大城市，第一塊是我們都看得到的努力建造超高層摩天樓的都會表面；第二塊，是這幾個都會區的地層下面，水波層層的向上濡動，海河江溪不同水流，不斷的洶湧澎湃著，這是一般地球住民肉眼看不見的；第三塊是很讓我驚嚇的畫面，這些迅速被蓋起的高大樓層一座座向下沉墜，就在剎那之間。」

「阿帕切族老人跟我說，第三塊的事，最快五百天內就會發生。」

「我反問他：『那，最慢呢？多久會？』他搖搖頭，什麼也不肯說。」

「於是，我想，是該回家的時候了。」

「因此，把不多的存款建造了這個有菜園的民宿。」

「May有跟你講過嗎？這民宿很多工作人員都是從客人變成的。相信這個理念的人，可以付出勞動，留下來，免費。但要工作，或許是動手種菜、除草，甚至織布。你看到工作人員身上的亞麻圍裙和桌布都是我們自己織造的。」

「阿帕切族老人告訴我，水由地底向上淹沒了所有土地後，那些人類一度自豪為富裕象徵的大樓急速的崩落在地底也變成強力的切割碎片。講得比較正確的語言，直接成了殺人的武器，人們多數在水的巨大激流中，被這些建材殺死。」

「接著，暴風雨也會連續數個月都下個不停……」

嬤嬤講到這裡眼眶都泛紅了。

「想想，人類究竟是為了什麼事活著呢？」

「為了愛人？為了親人？為了財富？還是只是無可奈何的活著？」

「你，可愛的多兒，如果，你想要的話，非常歡迎你付出勞力住在這裡。」

我也流淚了，和嬤嬤互相擁抱，在黎明的微紫藍天色裡。

——

終究，我還是整理好背包，離開了Hex農場民宿，並且默默的跟May結完帳就離開了。

日子還是一樣的過，繼續在日商雜貨連鎖店，合群勤奮的工作著。倒是，有時會跟同事一塊去吃吃飯，也會利用搭地鐵的空檔，邊散步邊聊天。

天氣有時陽光普照，有時也下著雨。

另外，我的客戶評價居然升到全國連鎖系統的第一名了。拿到第一名的獎金時，我請全體分店的同事吃了大餐，還開了號稱千邑特區排行第三的香檳。

就這樣，時間一天一天過去，我和同事的關係愈來愈好。

特別的是，和爸媽的感情也有了很大變化，不但會買小禮物逗他們開心，也會在假日全家一塊出遊，弟弟在駕駛座上常常快樂的挖苦小時候被我欺侮的淒慘往事。

就這樣，我的人生習慣改變了，當時席嬤嬤講的五百天好像就快要到了，但世界依然日升月落、陰晴圓缺正常的循環著；沒有會毀壞的任何跡象。我已經變成一個完全的蔬食者，現在聞到魚肉的味道，會不自覺的感到奇異膻腥嗅覺，是本來想也想不到的。

其實，我經常時不時有著擔心，擔心當大樓群體墜落，我親愛的父母弟弟和可愛的同事們，他們要怎麼辦？

算一算，再三、四十天，席嬤嬤口中的天災就要來了。

我在中午城中央看著深藍無雲的天空，小小憂愁的想。

但，似乎也只能想而已。

想著，或許，預言不會發生。

（因為世界上預言成真的事情，實在是太少了啊！）

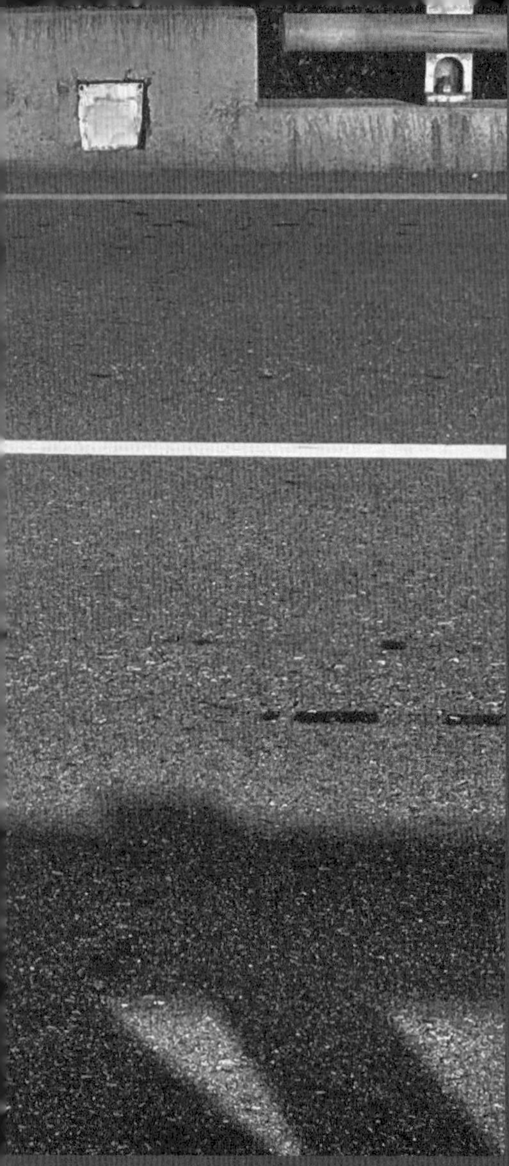

後記

少年少女，
—
從未錯身而過

寫完去年《多出來的那個人》這本小長篇後，和以前一樣，小說作業變成紙本前的兩週，我會離開一下子，有點像放假（雖然說我們這種行業，隨時都可以），離開十幾天後，再開始下一本小說。

這次休假結束，我發現身體出現一些異常，因為不是可以從檢驗就發現的事，導致這次的休假，幾乎是永無止盡的長假，持續超過一年的話，應該就算是失業了。

異常，從食欲變差開始，直到我發現沒辦法寫出任何句子，才開始感到事情不堪設想。

這種狀態（扣掉我不小心離職的那十年）從來沒有過。

因此感到十分不對勁，甚至有了恐慌感。

雖然僅僅是幾個月前的事，但現在回想，還是有種前所未有的戰慄感，那時候，不但寫不出字，甚至連其他的文字也沒法閱讀，基本上可以說是殘留眼球瞳孔的瞎子一樣，或許還更糟。

為了排除這樣已經完全上身的陰影，我把假期延長了，從東北角開始，差不多繞了臺灣島，沒有目的性的，去探望很多很久沒看到的老朋友，最久沒見的，竟然有長達數十年以上的。

這幾個朋友，除了服兵役時的同事外，其他都是職業創作人。

其中不是「暫停營業」，就是「完全離職」，這時候不但陰影沒有排除，甚至有種不祥的鬱悶感。

當然，服兵役時的同事例外，他的終身職就是製麵，從未有過任何動搖，這位，對我而言，算是貴人一般的角色，因為第一篇小說女主角名字，就是跟他借來用的，一九八四年在海邊部隊值大夜班，寫完〈下弦月〉

（《單人翹翹板》一九八八年，爾雅出版社）的時候，發現故事雖然只有一個人，但那人還是需要取名字啊，於是就在「明智」加上「艹」字頭，因為是女性第一人稱，所以叫「萌智」，除了字形外，我覺得唸起來好聽。

因為去了中部跟他碰面，又聊到這個，突然發現，好像可以重看那個「第一篇」，看看現在讀起來會怎樣？

這五個短篇中，最遠的發表時間是〈第三次世界大戰來了〉，也是女性第一人稱，記憶中，只有這兩篇是女主角主述。

在這個長短篇之前，我停工差不多十年，直到被文學雜誌總編輯找到。接著，每個月都產出超過一萬字的長型短篇，〈被月蝕吞沒〉、〈69號線的離開〉，都是那半年的作業。

這三篇，不僅字數一致，連架構也是，每篇都是在一種「從這裡到哪裡？」的迷惑意味裡延展，要說有什麼串連起來彼此的結構關係，這種東西就真的是了。

重讀完《單人翹翹板》，我彷彿領悟到什麼似的，把這三篇重新修改，特別是在「語境」的統一上，做成可以連結的趣味感，裡面唯一沒修改的是最短的〈公園的小號聲〉，故事的節奏和少到幾乎沒有的對白，恰到好處。

「必須寫完〈聽說柯川來過〉，這本短篇小說集，才算完整。」翻到這篇的草稿時，我突然這樣想，而且意念明確，雖然四篇也夠了。

嚴格講，這個故事已經放在抽屜一年多了。

當時因為看了John Coltrane的紀錄片，想到一個可以發生在沖繩的故事，不過，只寫了幾百字，作業狀態就停了，原因已經忘了。

寫完這個故事後，我（真的）鬆了一口氣，幸好沒失業。

最新的這兩篇，也有點向全世界的小號及薩克斯風手致敬的意圖。

原本我想把書名取為《純情怪譚錄》的，因為裡頭的男女們，都因為某種「懸念」，而身體力行的實踐了愛意。

那種不可動搖的，對愛的堅信，在這種時代氣味中，其實顯得奇怪、荒誕。

當然，這種書名一下子就被編輯部否決了。

即使被否決了書名，不過，我還是以一致性（或是，罕見的）的幸福狀態，讓這五個故事一起發酵成關聯體。

以純情故事來說，幸福狀態，最高級別應該是重逢後的少年少女吧？

69號線的離開

作者　陳輝龍
社長　陳蕙慧
副總編輯　戴偉傑
特約主編　周小仙
行銷企畫　傅士玲・尹子麟・洪啟軒
封面設計　謝佳穎
內頁排版　極翔企業有限公司

集團社長　郭重興
發行人兼出版總監　曾大福
印務　黃禮賢、李孟儒
出版　木馬文化事業股份有限公司
發行　遠足文化事業股份有限公司
地址 231新北市新店區民權路108之4號8樓
電話 02-2218-1417　傳真 02-86671065
Email: service@bookrep.com.tw
郵撥帳號 19588272 木馬文化事業股份有限公司
客服專線 0800221029
法律顧問　華洋國際專利商標事務所 蘇文生 律師
印刷　前進彩藝有限公司
初版　2020年1月
定價　300元
ISBN　978-986-359-742-1

歡迎團體訂購，另有優惠，請洽業務部02-22181417分機1124、1135

國家圖書館出版品預行編目(CIP)資料

69號線的離開 / 陳輝龍 著. -- 初版. -- 新北市：木馬文化出版：遠足文化發行, 2020.01
208面；13×18公分
ISBN 978-986-359-742-1（平裝）

863.57 108018234